GJ部

GJ部⑤

愛称《キョロ》。
今年から高校二年生。
部長の相手はキョロの仕事。

GJ部の部長。高校三年生。
元気かつ強引な性格。
退屈が天敵。

天才でカッコいい大人のひと。
だが一般常識は壊滅的。
高校三年生。

部長の妹。高校二年生。
ＧＪ部のお世話係。
性格はマジ天使。

のんびりもぐもぐ。
不思議なおねえさん。高校三年生。

GJ部の新入部員。
愛称は《タマ》。高校一年生。
どこかズレてるマイペースな性格。

「ではキョロの一周年と、
新入部員獲得を祝って、
カンパーイ！」
茶
Tocky
ポテチップス
うすしお
Goldee

部長の音頭で花見がはじまる。
新学期がはじまったばかりの桜の季節。
グラウンドを見下ろす土手の上で、
今日の部活動は執り行われた。

GJ部 5

GJ部⑤

新木 伸

イラスト／あるや

デザイン／伸童舎

GJ部　キャラクター辞典

■あ行

[**あまつか - せいら　天使聖羅**] 天使三姉妹のクールな三女。中学一年生。
[**あまつか - まお　天使真央**] GJ部の部長。身体はちっちゃいが態度はデカい。意外と寂しがり屋。
[**あまつか - めぐみ　天使恵**] 部長の妹。紅茶大好き。人のお世話はもっと好き。
[**あんこ　杏子**] タマ（環）の友人。ハイテンションガール。話聞かない＆無限に喋る。
[**オカン**] 京夜の母。霞のフリーダムで女性上位な性格は母譲り。
[**おじいさま**] 天使家の曾祖父。存命。元気はつらつ。

■か行

[**きらら - ばーんしゅたいん　綺羅々・バーンシュタイン**] 身体能力抜群の野生のひと。お肉大好き。英語と猫語は得意だが日本語はちょっと苦手。
[**くらはし - さん　倉橋さん**] 京夜のクラスの女子。クラスの人気ナンバーツー。

■さ行

[**ジェラルディン・バーンシュタイン**] 綺羅々の妹。おとなしく見えるが意外としっかり者？
[**じっちゃん**] 天使家の祖父。すでに他界。ティーカップが形見。
[**しのみや - かすみ　四ノ宮霞**] 京夜の妹。中学一年生。兄を足蹴にしたりと勝ち気だが、意外とお兄ちゃん子？
[**しのみや - きょうや　四ノ宮京夜**] 本編の主人公？ 争わない。こだわらない。大負けもしない。平和的敗北主義者。
[**しんじょう - くん　新城君**] 京夜のクラスの友人。真央から「超雄」と呼ばれる。
[**しんじょう - くん - の - かのじょ　新城君の彼女**] 京夜のクラスの女子。庶民派美少女。クラスの人気ナンバーワン。
[**すめらぎ - しおん　皇紫音**] ゲームの天才。完全記憶能力を誇る。多方面にわたる知識を持つが、日常生活に関する常識にはとんと疎い。
[**せかい - とういつ - おうじゃ - さん　世界統一王者さん**] 紫音の日課のチェスの対戦相手。

■た行

[**たまき　環**] 新入学の高校一年生。愛称は「タマ」。普段はローテンションかつ強気。だがビビり癖あり。弱気モードに入るとなぜかテンションが上がる。
[**とうさん　父さん**] 京夜の父。京夜に一子相伝の技「チワワの構え」を伝授した。

■な行

[**なでしこ - せんせい　撫子先生**] 京夜のクラスの担任。さばけた女性で生徒に好かれる。愛称「なっちゃん」。
[**なるみ　鳴海**] 真央の友人。委員長系女子。バカ男子の天敵。
[**にーにーず　兄兄ズ**] 人数も不明な紫音の兄たち。最低でも十人は存在が確認されている。妹である紫音を溺愛する。

■ま～わ行

[**もり - さん　森さん**] 天使家に仕える年齢不詳の美女。スーツ姿が凛々しい侍従。でもときどきメイド。土曜日の森さんは中の人が違う？
[**よこみぞ - てっしん　横溝徹心**] 京夜の親友。クラスメートで昼飯仲間。
[**わんこ**] 天使家の愛犬。ゴールデン・レトリーバー（♀）。

C O N T

C H A R A

雨の日のタマ

今日も部活がやってくる。

窓枠にあごをのせながら、雨に降られる校庭をぼんやりと見ていた。

「ねえタマ。今日も部活出るの？」

どうしようかと思っていた矢先、友人Ａ——杏子がそう訊いてくる。

タマじゃなくて環だってば。——そう言い返すのもかったるい。これまでたぶん何十回も言ってるけど、部活の皆も友人Ａも、ぜんぜん直してくれない。無許可で「タマ」と呼んでくる。

雨の日は本当に憂鬱だ。

「じゃあ帰るの？」

帰るのもかったるいのです。雨降ってるし。

窓枠でごろごろしながら友人Ａに視線を返す。

「じゃあ部活出るんだ」

なにも答えていないうちに、出席扱いにされている。

「だけど、いいよねー。タマもそう思うよねー？」

主語も述語も省略されていったい何に同意しろと？

「あそこのセンパイたちって、いいよねー。ちょっとミステリアスな感じ？　なんか怖いウワサは聞くけど——ああ怖いっていったってね、べつにそんなんじゃないよ」

　そんなんて、どんなんだ？

「部室の前を通ると袋詰めにされて部員にされるとか。噛みつかれて歯形つけまくりにされるとか。ねえそれってホントホント？　やっぱ嘘だよねー。そうでしょ。ね？」

　文字通り言葉通りの意味でそのようにされて部員にされましたがそれがなにか。あと噛みつかれてて歯形も付けられまくりですがそれもなにか。あの噛みつきハムスターめが。いつか泣かす。

「ああほら。一人。男の先輩いるでしょ？　あの人どうなの？　どんな感じ？」

　ええ。いつも通り人畜無害でございますよー。

「ねえねえ？　カッコいい？　それとも優しい？　コワい？　おとなしい？　勉強できる？　スポーツできる？　ゲーム詳しい？」

　しいていうなら、地球に優しいエコな感じですかね。

「カッコいいっていえばー。ほらほら。女の先輩でスゴい人いるでしょー」

　全員ある意味でスゴイと思うけど。それはどっちの方面におけるスゴさなのか。

「天才の人」

　ああ紫音ねーさんですね。〝かわいがり〟が激しくて——あの人は、ちょっと苦手。妹妹うるさいのです。

「ラブレター書こうと思ってるんだけど。ねえ私どうしたらいいと思う?」

ええと。それは至極ノーマルに四ノ宮先輩に対してではなくて、アブノーマルに女同士で紫音先輩に対してというほうで? いえまあいいんですけど。

「書いたらやっぱり下駄箱に入れとくべきかな」

そっちでしたか。書くことはすでに決定でしたか。預けるから持ってって渡してくれとかいうマトモな選択肢はないのですね。

「あ。ほらっ――。一人。女の子のセンパイいるでしょ」

五人の先輩たちのうち、四人は女の子なんですけども。

「あの人のケーキって手製なんだって? すごくおいしいんだって? いいなータマ。毎日食べ放題かー」

笑う怪物のことですね。

残念ながら食べ放題コースは終了したです。月と木だけです。だから憂鬱なのです。

「体育祭で大活躍した人いたでしょー。非公式の世界記録出しちゃった人ー」

いないことにしときたいですが。ええいますね。肉食ってる人にはかないませんよ。肉食ってると、あちこち大きくなって、逞しくもなれるのですよ。

「ねえタマ部活行かないんだったらカラオケいこーよ。スイーツ選べるタダ券があるのね。でもタマって、なんで食べても太んないの？」

「さっき部活出るって言ったじゃないですか」

「言ってないよ。タマはそんなこと。ぜんぜん。さっきから一言も話してないじゃない。わたしばっか話してたじゃん」

「そういえばそうでした。——言ってたのは杏子でした」

それでなぜ会話が成立してしまうのだろう。不思議だ。

ごろごろをやめて席を立つ。

ほっぺたについた窓枠の跡をこする。へこんでしまったほっぺが、なかなか直ってくれない。

「部活いくですよ。カラオケはまたこんど」

「ところでタマの部活って、あれなんて読むの？　ジージェーぶ？」

友人Aが訊いてくる。

「グッジョぶって読むですよ！」

自分でも理由はわからないが、胸を張ってそう言ってしまった。そして踵を向けて歩きだす。

「カッコイイ先輩たちによろしくねー」

友人Aの声が背中にかかる。

カッコいいかどうかはともかく、ミーハーな友人Aのことは、ま、訊かれたら話すか。

さて——。部活だ。

CHARACTER PROFILE

キャラクター・プロフィール

【環 たまき】❶

GJ部の新入部員。ぴかぴかの一年生。先輩後輩のカンケイとかよくわかんない。ごはんくれるひとはいいひとですよー！よって恵ちゃんはケーキの神。

恋愛桜

四月の部室。

全開にされた窓から、気持ちのいい風が吹きこんでくる。

「春ですねえ……」

ぐんにゃりと窓辺にもたれかかって、窓枠にあごをのせて、京夜はぼんやりとつぶやいた。

「そりゃ。春だからな」

綺羅々さんのように、ふんふんくんくんと鼻を鳴らしてみる。漂う風にも、ほんのりと甘い匂いが混じっているような気がする。

たぶん桜の花のニオイ。

この裏庭からは残念なことに見えないが、校庭では、いま桜が満開だ。

「そりゃ。春だからな」

それからこの音。体育館からだろうか？　遠く――、途切れ途切れに、ドラムの音が響いてくる。軽音部かあるいは重音部か。バンドの生演奏中なのだろう。

「いまごろ体育館では新歓説明会ですかねえ……」

「そりゃ。春だからな」

聞いているのかいないのか、部長はまったく同じ相づちを打ってくる。

爪にヤスリをかけて、ふうと吹き飛ばす。あれがいわゆる〝爪の垢〟とかいわれるものだろうか。ちがうだろうか。煎じて飲むと部長みたいになれるとか。

京夜にとって二度目の春がやって来ていた。だけどGJ部の放課後は、いつもの通りだ。どこの部も新入部員獲得に血眼になっている。でもそういった世間の事情は、この部にはあんまり関係ないらしい。

「そういえば校庭に桜がいっぱいありますよねー」

「そりゃ。春だからな」

「部長。聞いてます？」

「きーてるよ。だから春だから満開なんだろ」

「でも一本枯れちゃってますよねー。ちょうど真ん中あたりの一本が、去年だって――」

「バカモノーっ‼」

突然ローキックが飛んできた。

部長がスカートを翻し――びしっと、京夜のふくらはぎに鋭い一発を入れてくる。

「痛っ。いたたたっ……、イタいです。なっ、なっ、なっ――なんばすっとか？」

ふくらはぎを押さえて、ぴょんぴょん跳ねて――。京夜は、信じられない――という目を部長に向けた。

さっきまであんなにまったりしていたのに。

部長は髪の毛の先まで怒りをみなぎらせて、仁王のように立っていた。瞬間湯沸かし器だ。

「枯れてない！　あれは恋愛桜というものだ！」

「は？」

「あの桜が十年に一度咲くとき、恋愛勇者が我が校に君臨す！」

「はい？」

「その者赤き衣をまといて桃色の野に降り立つべし！　聖女を娶りて、魔王を倒し、そして大陸を平定す！」

「なんですか？　なんなんですか？　それなんのラノベですか？　大陸ってどこですか？」

「現実と二次元を混同するな！」

また部長のローキックが飛んできた。さすがバレエ経験者。軸足のぶれない見事な蹴りだ。

「あの一本だけ咲いていない桜は――恋愛桜という！」

「それはさっき聞きましたけど」

「恋愛桜は十年に一度だけ咲くのだ。そのとき恋愛桜の前で女子に告白した者こそが、恋愛勇者なのだ。それが我が校に伝わる〝恋愛勇者王の伝説〟なのだ」

「ああ。ようやくなんとなくすこしだけわかってきました。十年に一回、すごいカップルが誕生するって伝承なわけですね」

「そうだ。おまえがいけないんだぞ。否定するからだぞ。だから私はおまえを蹴りつけねばならなかったのだ。悪い子はメッとやらねばならんのだ」

「えー。はい。はい。わかりました。すいませんでした。否定したんじゃなくて、ただ単に枯れてますねって確認しただけなんですけど。――ところでその伝説のエンディングって、ひょっとして、お姫様抱っこだったりします？」

「なぜ知ってる？」

勇猛に腕組みを決めたまま、部長はきょとんと、可愛らしく驚いていた。

「その件の恋愛桜なんだけど――」

と、部室にいま入ってきた紫音さんが、何事もなかったかのように、話を続ける。

「――どうも今年は咲いているみたいだよ」

「枯れてるの、一本も見あたりませんでしたー」

紫音さんの肩の後ろから、ぴょこっと顔を出して、恵ちゃんも言う。

「なんと！　今年が予言の年だったか！　行くぞキョロ！　勇者誕生の瞬間を特等席で目撃するのだ！　歴史の生ける証人となるのだ！」

ずだだだーっと、部長が廊下に駆け出してゆく。

京夜は笑いながら、ゆっくりと歩いてついていった。

今日のGJ部の部活動は、どうやらお花見ということになりそうだった。

ミニ知識

お花見

桜の下で飲んだり食べたり歌ったり恋愛勇者が告白したりするイベント。
ガッコの校庭の土手には桜の木がみっしりと植わっている。
春にはそれは凄いことになる。
卒業生が苗を植えるので桜の木は毎年一本ずつ増えてゆく。

深夜の電話・真央

着メロが鳴った。

浅い眠りからはっと目覚めて、京夜はベッドの上で周囲を見回した。電気のついたままの自分の部屋。どうやら小説を読んでいるうちに眠ってしまったらしい。

枕許のスヌーピーが両手を揃えて右上を指している。目覚まし時計の針が教えてくれるところによれば、いまは夜の一時を五分ばかり回ったところ。

こんな時間になんだろう？　誰からだろう？

京夜はベッドから降りて、机の上の携帯を取りに向かった。

「あ。部長からだ」

相手の名前を確認してから、携帯を開いて耳にあてる。

「――はい。もしもし？」

『………』

はじめは無音。息づかいだけが聞こえてくる。

しばらくしてから、部長の声が――。

『……わたしだ』

「どしたんですか」

『いや退屈でな』

京夜はほっとした。なにか悪いことでも起きたのではないかと、ちょっと心配になってしまったところだ。こんな時間の電話だったし。

「それはたいへんですね。どうしましょう」

『なんだ嫌がらないのか』

「なんでですか?」

京夜は訊き返した。天使真央というひとは、いつも自信に満ちあふれているひとのはず。それが電話越しだと、どうしてか、その声は弱々しい。

そういえば部長と電話で話したのは初めてかもしれない。

部の連絡はたいていメールのやりとりだ。それも紫音さんや恵ちゃんから届く。「あんなもんちまちま打ってられっかー!!」が部長の口癖だ。ボタンを押しての入力が、どうにも苦手なようらしい。だからといって電話のほうも滅多に使わないが。

『だっておまえ。わたしのこと嫌ってるだろ』

「ちょ――なんでですか!?」

京夜は驚いた。いったいなにを言いだすのだ。このひとは。

『だっておまえ。いつも迷惑してるだろ』

「いろいろ大変な目にはあってますけど、迷惑だなんて思ったことは一度もないですよ」

『いまだっておまえ。寝てたんじゃないのか。叩き起こされて迷惑したろ』

「あ。寝てましたけど、でもちょうどよかったです。本を読みかけで、うたた寝しちゃっていまして……。着替えないで寝ちゃうと、起きたときに肩が凝ってますよね。あれなんでなんでしょうかね」

『ほんとか？』

それとなく話題を変えようとしたのだが、部長は乗ってきてくれない。

『ほんとにほんとにほんとに、ほんとか？』

「……本を読んでて居眠りっていうのは本当のことですよ」

『だっておまえ。笑ってねーんだもん』

京夜はニコニコと笑ってみせた。

『見えねーって』

彼女の顔がようやく笑った。電話越しにも、そうだとわかる。

「部長っていつもこんなに遅くまで起きてるんですか」

『いんや』

なにかヒミツでも打ち明けるように、声をひそめて部長は言ってくる。

『きょうだけ。たまたま。チョコ食ったら……』

「いったいどんだけ食べたんですか」

『はなぢ。でたよ』

「チョコ食べると鼻血出るって、あれほんとだったんですね。都市伝説かと」

『でたよ。ほんとだよ』

「そんなにたくさん食べたわけですね。眠れなくなるくらい」

『おまえ迷惑なら。いいんだよ』

「迷惑じゃないですよ。部長が眠くなるまで、話し相手くらいにはなれますよ」

『メグも聖羅もみんな寝ちまって、だれもいねーんだ』

「森さんは二十四時間稼働じゃないんですか」

『見つかると叱られちゃうからさ。夜更かししてると、いけないんだ』

電話の向こうの彼女は、部室で会っているときの部長とは、ちょっと違う雰囲気だった。きっと〝部長〟としてではなくて、ひとりの女の子として話しているからだろう——そう思う。

そこから長いこと話しこんだ。そのうちに話しかけても返事が返ってこなくなって——。京
夜は静かに電話を切った。

ふわぁ、とあくびをして、自分も布団に向かう。

ちっちゃくて元気で、いつも偉そうで自信満々で——。

だけど寂しがり屋の、天使真央の今夜の夢が、良い夢でありますように——。

CHARACTER PROFILE

キャラクター・プロフィール

【天使真央 あまつか・まお】❶

GJ部の部長。無理、無茶、無謀でフリーダムな性格。
だが最近はキョロへの迷惑を気にしはじめている。限りあるキョロは大切に。
強気なようでいて意外と寂しがり屋。夜は苦手。

深夜の電話・紫音

着メロが鳴った。

一学期の中間試験の勉強をしていた京夜は、シャーペンを放りだして携帯を取った。

「はい。もしもし」

『……』

電話の向こうから聞こえてくるのは、息づかいだけ。このあいだの電話と、ここまでは同じ。

「紫音さんですね」

京夜はずばり、そう言った。

『む――。非通知にしてみたのに。なぜわかってしまったのかな?』

「さて。なんででしょう」

理由その一。非通知になっていたから。他の三人ならそんなところに気をまわすはずがない。

理由その二。部長にはじまって、紫音さん→恵ちゃん→綺羅々さんとローテーションが回ってゆくのが、GJ部における物事の進みかただ。以前にも、部長から順番に一年の教室にやってきたことがあった。またその場にいない人の噂話を順番にやってみたこともあった。部長が掛けてきたときと同じように、無言の電話が掛かってきたところで、京夜はピンときたわけだ。

『起きていたかい？　迷惑ではなかったかな？』

「起きていましたよ。試験勉強やってました」

『そうか。ならよかった。……ところで。なぜ電話してきたのか、訊かないでいいのかな？』

「部長ですよね」

携帯をいっぺん離して時刻を見てみる。――午前一時五分。そういえばこのあいだもこのくらいの時間だったっけ。時間まで指定されているらしい。本当に芸が細かい。

『真央に掛けろと強要されたからだけではないのかもしれないよ？　寂しくてしかたなくて、つい掛けてしまったのかも……』

「それは部長です」

『ちがいない』

電話の向こうから、くっくっと笑い声が聞こえてくる。

『寂しいかどうかは君の想像におまかせするが――。でも退屈なのは確かだったよ。夜は特に長く感じるね。学校にいるときには時間はあっという間に過ぎてしまうものだけど』

「あー、それ僕もわかります。毎日二時間は部室にいるのに、帰るときには、あれもうこんな時間かー、って感じですよね」

天才でも時間の感じかたは自分たちと一緒なのだ。京夜はちょっと嬉しかった。

『ああ。本当に長い。まだ朝まで六時間もある……』

「え？　寝ないんですか？　紫音さん。今夜は徹夜ですか？」

試験まではまだ日数があった。徹夜なんてする必要はない。そもそも紫音さんには試験勉強の必要さえない。いますぐ東大の受験をしても、余裕で合格できてしまうひとなのだ。

『うん？　もう寝たけど』

「えっ？　えっ？　……何時間寝ました？」

『今日は三時間も。たっぷり睡眠を取ったよ』

「えっ？　えっ？　ええええっ？」

『えと、あの……？　つかぬことを訊くけども……』

京夜が驚いていると、紫音さんは、やや声を低くして訊いてきた。

『通常、人は何時間寝るものなのだろうか？　もしかして……。私はまた、おかしなことを言ってしまったのかな？　じ、常識が……なかった？』

驚いていたのも束の間。京夜はすぐさま、敢然とばかりに立ち直った。

紫音さんのナイトとして、惚けてなどいられない！

「いいえ！　たしかナポレオンという人もそのくらいしか寝ていなかったはずです！　だいじょうぶです！　人類に前例があります！　だからぜんぜん普通です！」

『かわいいね。キミは』

紫音さんはそう言って笑った。

たいへんだ。カワイイ生き物からかわいいと言われてしまった。どうしよう。

『君はまだ寝ていないんだね。このまま話していたら、朝まで話してしまいかねないな。でもそれだと君を困らせてしまうね。……ビリーはもう起きているかな。何回でも対戦してあげると言ったら、朝まで付きあってくれるだろうか』

「ビリーって誰(だれ)です？」

『あれ？　知らなかったかな？　私がいつも部室のパソコンで対戦している相手なんだけど』

「ああ。世界統一王者(World Union Champion)さんですね」

『彼がどんどん上達(じょうたつ)してきてね。このあいだなんて、私が一瞬、指(さ)し手を迷(まよ)わされたよ』

弟子の上達を紫音さんは楽しそうに話す。

「ビリーさんのことはいいとして――。いいですよ。朝までだって平気ですよ」

顔も知らないどこかのビリーさんと、京夜はいま戦っていた。

『それで普通は何時間くらい寝るものなのかな？　正直(しょうじき)なところを、ひとつ頼む』

「そのう……、僕はじつは六時間は寝ないと、翌日、授業中にピンチなタイプなんですが」

『それって普通？　平均的？　うちは兄兄(ニーニー)ズもこんなものだから、よくわからなくて……』

まずはそのへんの一般常識から会話が始まった。

紫音さんとの楽しい会話は朝まで続行(ぞっこう)だった。完徹(かんてつ)だった。

翌日は本当に眠くって、部室ではコタツ様にどっぷりはまって、ぐーすかと眠ってしまった。

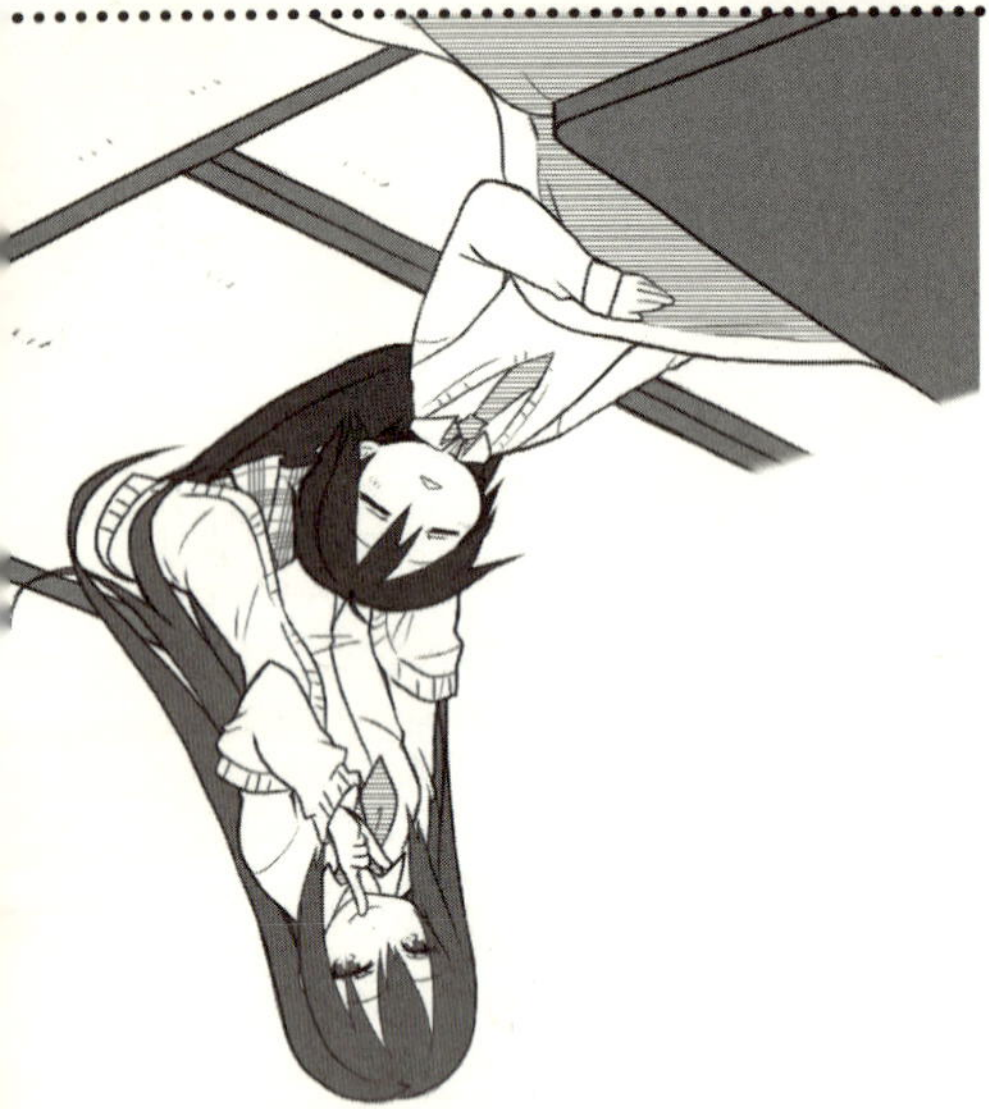

CHARACTER PROFILE

キャラクター・プロフィール

【皇 紫音 すめらぎ・しおん】❶

天才でカッコいい大人（おとな）のひと。京夜（きょうや）をからかうのが趣味。
でも常識に欠けていて皆からは「カワイイ生き物」などと呼ばれている。
自分に常識が足りないということを、最近は“ちょっとだけ”自覚しつつある。

深夜の電話・恵

着メロが鳴った。

布団の中で携帯を握ったまま、うとうとしていた京夜は——相手を確かめることもしないで、すぐに携帯に出た。

「恵ちゃんだよね」

『あたり。あたりです——四ノ宮君！　すごいです。なんでわかったんですかー？』

「いやー。なんとなく」

京夜は適当にとりつくろった。

じつは絶対の確信を持っていた。部長→紫音さんときたら、次は絶対に恵ちゃんだ。

ていうか——。非通知にしていないのだから、ディスプレイには名前が出ているはずなんだけど。そこ驚くところじゃないんだけど。やっぱり恵ちゃんはどこか抜けている。

『お姉ちゃんが。四ノ宮君に電話しろって。なんでなんでしょうかー？』

「部活動じゃないかな」

『はい？』

「はじめ部長から電話があって、そのあと紫音さんで——、それで次が恵ちゃんだから」

『ああ。なーんだ。なるほど。なるほどー』

恵ちゃんは納得したように、しきりにうなずきを繰り返していた。いや。電話越しだからわかんないけど。でも見えるけど。

『なんですか。これ部活動だったんですねー。わたし、てっきり……』

「てっきり？」

『あ。いえ。なんでもないですー。こっちのことで』

恵ちゃんは慌ててごまかしている。

気にはなる。しかし京夜の経験上――女の子がこうなったとき、しつこく訊いても絶対教えてくんない。うちの妹の霞もそんなカンジ。

なので気にしないことにして、京夜は他のことを訊いていった。

「恵ちゃんは、なにしていたところ？」

『お布団のなかにいましたー』

「あ。おなじおなじ。僕もそう」

『寝ていたんですか？』

「さっき寝てたのかな？　起きてたと思うんだけど。……自信ない」

『うち。早く寝ないと怒られちゃうんですよー。うち夜更かし厳禁なんです。森さんが夜になると懐中電灯持って見回りして……。悪い子はいねがーって』

「なまはげじゃないんだから」

京夜は笑った。恵ちゃんも冗談を言うのだと——冗談なのかな？　冗談だよね。

『四ノ宮君は寝るときはパジャマなんですか？』

「うん。そう」

京夜は短く答えた。会話の流れとして「恵ちゃんはどうなの？」と訊き返すのが自然なのかもしれない。だが自重した。

『わたしはネグリジェなんですよー』

自重したのに、恵ちゃんは自分のほうから言ってしまった。

とほほー。天使恵という娘は、こういう子なのだった。性格はマジ天使。

姉である天使真央からは〝天上界の生物〟とか呼ばれている。紫音さんからは「天衣無縫」「天真爛漫」「八面玲瓏」などの四字熟語による称号が贈られている。そして部長からは「絶対無敵」なる称号も贈られていた。「笑う怪物」と称したのは、あれは誰だったか——。

隙だらけに見える恵ちゃんだが、部長が言うには、すごい強運の持ち主だそうだ。こんなに隙だらけなのに不思議と困ったことにはならないらしい。きっと戦闘力530000くらいのものごっついスーパー守護霊が憑いているに違いない。

おなじ隙だらけのイキモノでも、紫音さんは違う。守ってあげないと不幸になってしまいそうで……。去年の初詣でのときにも、おみくじで「末吉」を引きあてて、今年は運がいいとか喜んでいたし……。

『どうしちゃいました四ノ宮君。急に黙りこんじゃって……？』

「え？　あ――いやなんでもないよ。こっちのこと」

ネグリジェの話題のあとに黙りこんでしまってヤバかっただろーか？　むっつりだとか思われてしまっただろーか？

『やっぱり眠いですか？』

恵ちゃんはやっぱり天使だった。へんな勘ぐりとかは、してこない娘だ。

『あ。そうです。そうです。わたし四ノ宮君にお願いがあったんですよー。まえに駄菓子屋さんで食べられるって言ってたじゃないですかぁ。お好み焼きじゃなくて、えっとぉ……、似たような、なにか？』

「もんじゃ焼き？」

『そうそう。それです！　それ！　こんど連れてってくださいー』

「いいけど……」

い、い、い、そういうことじゃないんだろうなーと、確かめる意味あいで、恵ちゃんに訊いてみる。

「霞も連れていきたいんだけど……。いいかな？」

『もちろんですー』

ほうら。やっぱり。

女の子……？

CHARACTER PROFILE

キャラクター・プロフィール

【天使 恵 あまつか・めぐみ】❶

真央の妹。京夜と同じ二年生。いつもニコニコ。笑顔でお世話。
GJ部の部室において、皆のカップは常に紅茶で満たされている。
天使な性格であるが、ガードの緩いところがあって、
あぶなっかしく感じることも。

深夜の電話・綺羅々

深夜一時五分。

京夜はまんじりともせずに布団の中にいた。

着メロが鳴るよりも速く、ランプの点いた瞬間に携帯に出る。

「はい」

『……。』

携帯の向こうから聞こえるのは、息づかいだけ。

その息づかいが一人一人違っている。なんと区別まで付いてしまう。自分でもびっくりだ。

携帯の向こうの相手は、今夜は、もちろん——。

『……もぐもぐ。』

「いやそこは〝もぐもぐ〟じゃなくて、〝もしもし〟だと思いますよ。——キララ」

しばらくの間があった。紙をめくっているような音が聞こえ続けて——。

『ほんとだ。』

綺羅々さんはそう答えてきた。たぶん辞書を引いていたのだろう。

日本語を勉強中の綺羅々さんは、よく辞書を引いている。昔は広辞苑だがとっくに読破して、この前までは大辞泉だったが、それも読破して、この四月からは大辞林に挑戦中だ。

『きょろ。すごいね。』

「もっと凄いかもしれません。なんとキララが電話を掛けてきた理由を当ててしまうかもです」

年上で三年生の綺羅々さんを「キララ」と呼び捨てにする。「さん付け」で呼ぶと、「きららはひとつ。みっつない。」などと、たしなめられてしまうのだ。

そのココロは——。よくわかんない。

綺羅々さんはGJ部の中でも、いちばん個性的で、不思議な人だった。

『ほんと？　あたる？』

「はい。——部長に言われたんでしょう？」

『すごい。どうして。』

「いやあ。どうしてでしょうね。男の子の勘ってやつでしょうか」

『なんで。』

「なんで、って、……ええっ？　知らないんですか？」

京夜はずっこけそうになった。綺羅々さんの「なんで」は、なぜ部長が電話を掛けろと言ったのかという意味だ。どうやら部長はきちんと理由を話しておいてくれなかったようである。

電話を掛けろと言ったきりで、理由も説明しないとは、なんとも部長らしい大雑把さである。

しかし夜中の一時に電話を掛けろと言われて、理由を訊ねない綺羅々さんも綺羅々さんだが。

『……。』

綺羅々（きらら）さんは考えている。

『……。』

まだまだ考えている。

『……。きょろを。おこす。』

「いやこんなに早く起きませんって」

『しんぶん。くばらない？』

「あー。新聞配達の人だったら、もしかしたら起きるかもですねー。でも僕は違います」

『きらら。もうすぐ。でるよ。』

「え？　あ？　新聞配達やってたんですか。――綺羅々さん」

『きららはひとつ。みっつない。』

「あーはい。すいません間違えました。――キララ」

『よい。こうばしい。』

その〝香（こう）ばしい〟の意味は間違えて覚えている気がする。京夜（きょうや）も意味は知らないのだが。

だけど部長に感謝。

こんなに綺羅々さんと話しこんだのは、初めてかもしれない。これまで知らなかった綺羅々さんを、今夜一晩（ひとばん）で、いっぱい知ってしまった気がする。新聞配達をしていることとか。

ところでそういえば――。

さっきから「じーじーじー」と、電話口の向こうから、なにか音が聞こえてきていた。蛍光灯の音かと思っていたが、男の子的には、ちょっと覚えのある音で――。

オケラとかキリギリスとか、そんな感じの、春先に鳴いてる姿の見えないアレの鳴き声だ。

「あのキララ。いま外にいたりします？」

『てんとの。なかだよ。』

「てんと？　……って、テント？」

『きらら。てんとに。すんでる。』

「えっ？　ええーっ？」

初めて知った綺羅々さんのヒミツに、京夜が驚いていると――。

『……Sister? What's wrong? What are you talking to?』

綺羅々さんとは別の少女の声が聞こえてくる。眠そうに問いかけるその声は――たぶんあれだ。噂に聞く妹さんだ。ジェラルディンちゃんだ。隣に寝ていたんだ。起こしてしまったんだ。

――ていうか、妹と二人でテントっ⁉

「あ。ごめんなさい。なんか妹さん起こしちゃったみたいなんで、もう切ります」

『ん。おやすみ。きょろ。』

電話を切った後も京夜はしばらく混乱していた。綺羅々さん。やっぱり不思議なひとだった。

CHARACTER PROFILE

キャラクター・プロフィール

【綺羅々・バーンシュタイン きらら・ばーんしゅたいん】 1

身体能力抜群の不思議なおねえさん。いつもお肉を食べている。
お世話になっている屋敷に自分たちの部屋はあるけれど、
屋内だと落ち着かないという理由で、妹と二人、庭でテント暮らし。

まーちゃん

「まーちゃん最近どうしてるって、うちの妹によく訊かれるんですけど」

いつもの放課後。いつもの部室。

京夜は唐突に、そんなことをつぶやいた。

前振りもなく、いきなり話が始まるのは、このGJ部においてはめずらしくもない。誰かが振った話に対して、返事が返ってくるのが数分後——なんてこともまた同様にめずらしくない。

「まーちゃんって誰さね？」

今日はすぐに返事が返ってきた。

丸テーブルの隣でマンガ雑誌をめくっている部長からである。

ぽりぽりこりこりと、お菓子を短くしてゆきながら、他人事のように言っている。

「部長。ページにチョコ付けないでくださいよ。まだあと僕もタマも読むんですからそれ」

「はぁ？　ポッキーだぞこれ。どうやったらページにチョコが付くんだよ」

「ほんとうにどうやったら付くんでしょうね。不思議ですよね」

「——で。まーちゃんって、誰それ？」

と、部長が話を戻してくる。

やっぱりわかっていなかったらしい。

「部長のことですけど」

ぶっ――と、部長が吹いた。

ポッキーがどしゅっと壁に刺さる勢いで飛んでいった。

「なっ、なっ――なぁぁっ!?」

部長はびっくりした顔をしていた。なにをそんなに慌てているのやら。

「真央はこれまで〝可愛い愛称〟というものを付けてもらえたことがなくってね。――皆に恐れられていたから」

と、部長学の第一人者であるところの紫音さんが解説してくれた。もう四月だというのに、紫音さんはコタツに一人で居残っている。

「やり直しを要求する。なにが――、ま、ま、ま……、まーちゃんだっ！　不名誉だそんなの」

「愛称ってだいたい不名誉なものなんじゃないでしょうか。僕のキョロっていうのもけっこうキてると思うんですけど。命名したの部長じゃないですか」

「ばか言え。名付けたのは――あれはメグだ。濡れ衣だ」

「部長いつも命名者の手柄横取りするんですから、濡れ衣だって引き受けてください」

「ええー？　似合ってますよー」

本来の命名者である恵ちゃんが、ティーポットを傾けて皆に紅茶のおかわりを注いでゆく。

「キョロはそうだな。似合いすぎているな。——だが〝まーちゃん〟はねーだろ！　か、可愛すぎるだろっ！　ゼンゼン似合ってねーよ！」

「しかたないですよ。霞って、部長のことまだ年下と思ってるんですよね」

「解けよ。その誤解」

「部長がそのままにしてるんじゃないですか。部長のこと、小学三年生だと思ってますよ。霞」

「何年って訊くから、二年と答えたまでだ！」

「二年は二年でも、小学ではなく高校の二年でしたけどね」

あれは去年の年の瀬の話だ。部長も京夜もそして霞も、一年ずつ学年が繰り上がっている。部長はいま三年。京夜が二年で後輩もできた。霞なんて小学校を卒業してもう中学生だ。

「じつは真央には妹キャラ願望があるのだと、私はそのように考えている。それはフロイト的にいうところの——」

「ねえよ」

「ああなるほど。部長って長女でしたっけ。三姉妹のいちばん上でしたっけ。生まれてこれまでずっとお姉ちゃんだったわけですね。ああ。うん。僕も弟的なポジションには憧れることもありますから、わかりますそれ」

「勝手にわかるな」

「わたしもずっと妹でしたけど、聖羅が生まれたから、お姉ちゃんになれましたー」

「きららも。」

と、このへんで――。さっきから姉妹の話に入りたくてうずうずしていた顔の綺羅々さんが、話題に参入してくる。

「きららも。いもうと。いるよ。」

「ジェラルディンちゃんでしたよね？」

会ったことはないが話には聞かされている。声だけならこのあいだ電話で聞いた。はるばるカナダから姉を慕って日本にやって来ているのだそうだ。そしてこの春から日本の学校に通うことになったらしい。天使家の三女の聖羅ちゃんや、京夜のところの霞と一緒で、ちょうど中学校に上がったばかりの学年だ。

「じる。」

綺羅々さんは軽く首を振って、そう言い直した。

「ジルちゃんって呼んでるんですね。ほら愛称って、ふつう短縮形ですよ。だから部長も〝まーちゃん〟でいいんですよ。――って痛い痛い痛いです部長！　マジ痛いです！」

部長が本気で嚙みにきた。

最近嚙まれていなかったので油断していた。歯形が付くどころではないほど嚙まれた。

そうして――。「まーちゃんどうしてる？」の霞の問いかけへの回答は、「まーちゃん嚙んできた」ということになった。

〜まーちゃんの真似っこ〜

CHARACTER PROFILE

キャラクター・プロフィール

【四ノ宮 霞 しのみや・かすみ】❶

京夜(きょうや)の妹。中学一年生。勝ち気で元気。
兄のことを踏んだりかじったりと、さんざんな扱いをしているが、
決してキライなわけではない。

腕相撲

「レディのゴーだ」

いつもの放課後。いつもの部室。

部長が丸テーブルに片肘をついて、そう言ってきた。

「はい？」

京夜は一瞬、ぽかんとしてしまった。体を前屈みにして、片方の肘をテーブルに付けた部長は、こいこい、とでもいうように誘う顔。「腕相撲をしよう」と言ってきているのだと気づくまで、たっぷり三十秒ほど——。間の抜けた顔をさらしてしまう。

「ひとつおまえに稽古をつけてやろう」

「え？　えーっ。部長が……ですか？」

構えている部長のその腕を見やる。体格に見合う細っこさだ。

「人間は筋力のごく一部しか使えていないのだ。だが暗黒の部長力を用いれば、持てる潜在筋力のすべてを発揮することが可能となるのだ」

「だからその部長力ってなんなんですか。本当に部長になるとそんな力が使えるんですか」

「ふふふのふ。部長でなく一部員に過ぎないおまえにはわかるまい」

「部長になれば異能力が使えるのでしたら世のなか異能者ばかりだと思います」

「いいから。構えろっつーの」

言われるままに、腕相撲の体勢に入る。部長と向かいあって、組みあった。

「レディのゴーだ」

京夜は待った。もう準備はできているのに、いつまでも始まらない。

「むむ？　なかなかやるな。キョロのくせにナマイキだ」

「……あのー？」

「なんだよ？　言っとくけど、笑わせたりするなよ。ズっこい手は禁止だかんな」

「あのこれって、もう始まってるんでしょうか？」

「あったりマエだろ。さっきゴーって言ったじゃん」

大層なことを言っていたわりには、部長は弱かった。始まっていることに気づけないほどだ。

どうしようかな？　勝っちゃうと面倒そうだよなー。負けちゃおうかなー？

しばし悩んだ末に、京夜は――。

「えい」

部長の手の甲をテーブルに押さえつけた。あっさりと勝ってしまう。

「ふふふのふ。私に勝ったくらいでいい気になるなよ。しょせん私など――我らの中では一番の小者。次の刺客に、果たしておまえは勝てるかな？」

部長が言うように〝第二の刺客〟が現れた。

「お手柔らかにたのむ」

笑いながら紫音さんがテーブルの向かいにつく。

「では。レディのゴーだ」

紫音さんは、部長よりは強かった。それでもやっぱり普通に女の人。これで本当に本気なんですか？　と思っちゃうくらいの力しか出ていなくて――。

「えい」

またまた、あっさりと勝ってしまう。自分が男の子であることを意識したことは、これまであまりなかったが、いまちょっと感じてしまった。オレつえー？

「ふふふ。キョロ君。私に勝ったとしても調子に乗らないほうがいいね。悪である我々の辞書には〝フェアプレイ〟の言葉は載っていないのだよ。刺客は一対一で襲ってくるとは限らない」

部長の芝居がかった台詞を引き継いで、紫音さんが口上を述べる。次の対戦者は――。

「オレマン、勝負ですー！」

「なんすか？　これわたしもやるんですか？」

恵ちゃんとタマ、二人がかりとなるようだ。

右手と左手、それぞれの手で、恵ちゃんとタマと二人同時に組みあう。

「レディのゴー」

　二人同時というのは、男の腕力でもきつかった。しかも恵ちゃんが、これが意外と――強いのだ。部長より紫音さんよりタマよりも、いちばん強い……？

「うりゃ」

　二人の手を同時にテーブルに押さえつける。

　ちょっとだけ本気を出してしまった。大人げなかったかもしれない。

「やっぱりオレマン強かったですー」

「ちょっとは手加減しやがれですよ！　手が痛いのですよ！」

「あははは……。ごめんごめん」

　京夜は上機嫌でそう言った。

　最後の一人、綺羅々さんの番が来る。気を引き締めて腕を組み、部長が合図を出して――。

「レディの、ゴー」

「あ、ちょっと待――」

　忘れていた。綺羅々さんの身体能力は――。

　だけど遅かった。

　どん！　――という物凄い音とともに、京夜の手首はテーブルに埋まった。

　テーブルが壊れるんじゃないかと思った。

　手のほうは――さいわい、折れずに済んだようだった。どうやら手加減してもらえたらしい。

1
2
3

ミニ知識

GJ部部員

GJ部式挨拶やGJ部式発声法などなど、基本的な礼儀作法を身につけると「見習い部員」となってバッジがもらえ「GJ部魂」がわかると正部員になれる。「GJ部魂」とは言語では伝達不能な概念。「考えるな。感じろ。大地と空の間に答えはある」

姉の許可

いつもの放課後。いつもの部室。

「昨日のあれ、とってもおいしかったですよー」

恵ちゃんが紅茶を置いてくるついでに、そう言った。

「ああ。うん」

京夜は生返事で答えて、読んでいた漫画雑誌に戻った。

紅茶をくぴりと、喉に流しこむ。砂糖多めのミルクティー。本日の紅茶はダージリン。それもミルクティーによく合う——秋摘み深蒸しオータムナル。

慣れというのはすごい。一年間も紅茶を振る舞われつづけていると、まったく詳しくなかった自分でさえ、味と香りだけで紅茶の品種がわかってしまうようになる。

「そういやおまえ……。昨日、来なかったっけな」

ポータブルゲーム機にうつむいたまま、部長がぽつりとそう言った。

「ええ。まあ」

京夜はまた生返事で返した。

部長が最近ハマっているのは「スペースインベーダー」とかいうレトロゲーム。

「そういえば偶然なのかもしれないが……」

部長はなにかを言いかけた。ためらうような間があって――十秒もしてから続きを口にする。

「……メグも昨日、いなかったっけ」

このへんで観念して、京夜は正直に話すことにした。だいたい秘密にしておく理由なんて、ないはずだし――。

「駄菓子屋に行ってたんですよ。恵ちゃんにリクエストされたんで――」

「もんもん焼き、おいしかったですー」

「そ、そか。あれはうまいな……。モンモン焼きはな。たまらんよな」

「もんもん焼きじゃなくて、もんじゃ焼きですよ」

「そうです。もんじゃ焼きでしたー」

「そ、そうだな。モンモン焼きじゃなくて、もんじゃ焼きだったな」

恵ちゃんはいつものように素で天然。だが部長のほうも、なんか変なカンジ。なんだろう？

「小学生が塾に行っちゃう時間からが、いちばん空いていていいんです。土曜とか日曜とかはよくないですね。混んじゃっていて」

これは部活に出なかったことへの言いわけだ。部長に言われる前に自分から言っておく。

「う、うんまあな……。もんじゃ焼きを攻略しに行くのも、いわゆるひとつのＧＪ部の部活動といえるかもな……」

「おいしかったですー」

「メグはその……、は、はじめてだったわけか？」

「駄菓子屋さんは前にみんなで行きましたけど。でもレストランになってる駄菓子屋さんは、はじめてでしたー」

レストラン……？　ああ椅子とテーブルがあるからか。駄菓子屋をレストランとか言われると、なんだかすっごく違和感がある。

「ふ……。ふーん……」

部長はそれで合点がいったか。しばらくはゲームに向かっていた。でっでっでっでっでっとインベーダーの行進する音がして、ぴきゅーんぴきゅーんと砲台が迎え撃つ。だが調子が出ないのか、すぐにボガーンと自機がやられる音がした。ゲームオーバーになった部長は、電源ボタンを弾いてゲームを終了。椅子の上でくるりとお尻を回して、京夜のほうに体を向けてきた。

「しかし、あれだな。二人っきりで出かけるとは、感心せんな」

さっきまでのキョドっていた声とは違う。しっかりした声で言ってくる。

「マエに言ってなかったか？　二人っきりで出かけるときには、わたしの許可を取れと」

「なんでです？　なんで許可が？」

「あたりまえだろ。メグとデートすんなら姉であるわたしの許可が——」

「デートおぉーっ!?」

「――うわなんだよ!?　いきなり大声だすなよ。びっくりすんだろ！」

「部長なに誤解してんですか！　だいたい二人っきりじゃないですよ――霞もいましたし！」

「い、いたのかよ……。そ、そういうことは、先に言えよな」

そう言われて――京夜は理解した。なぜか部長に話しづらかったのは、きっとこれのせいだ。天上界の生物である恵ちゃんの前ではどんな秘密も有り得ないのだが。

部長にへんなふうに思われるのが嫌だったからだ。できれば秘密にしておきたかった。

パソコン席のほうから、くくくっ――と笑い声があがる。

「かわいいね。真央は」

背中でそう言ったきり、紫音さんはチェスの対戦へと戻っていった。最近は世界統一王者さんの腕前も上がってきて、紫音さんも百分の一くらいの本気を出さねばならないらしい。

部長は真っ赤になっていた。唇を尖らせてそっぽを向いている。

紫音さんに対する反論は――ない。

「お姉ちゃん、なんで怒ってるんでしょう？」

京夜は肩をすくめた。怒っているのかそうじゃないのか、京夜には判断つかない。

「ああ。わかりました。もんじゃ焼き食べられなかったからですね！」

指を合わせて恵ちゃんは言う。そして名案を思いついたように――。

「こんどはみんなで行きましょう」

せまかったな。

そりゃ
六人で行ったら
そうですよ。

うまかったな。

そりゃ
みんなで行ったら
そうですよ。

素質と才能

いつもの放課後。いつもの部室。

タマがいて部員数が六人となった光景が、あたりまえとなってきた、そんなある日のこと。

「GJ部式挨拶って、ねえ知ってる？」

「なんですかセンパイ？」

人のポテチの袋に遠慮なく手を突っこんで、口のまわりを脂まみれにしているタマに、京夜はそう言った。ポテチで釣っておいたおかげで、今日のタマの席は、京夜の隣になっている。

「GJ部には、伝統の〝挨拶方法〟があるんだけど……」

と、このへんでチラっと部長に視線を投げかける。

いつもなら真っ先に、この種の話題に飛びついてくる部長だが、毛先とにらめっこしたままで関心を示してこない。

そんな部長の無関心を不思議に思いつつ、京夜は自分の口からタマに言うことにした。

「GJ部の部員は……見習い部員もだけど、それをマスターしないといけないんだ。そうでないと、ひょっとしたら部にいられなくなってしまうかもしれない」

わざと重々しい声をあげて、後輩にそう告げる。じつはまだ京夜自身も見習い部員のまま。

そこんとこは恥ずかしいので言わないでおく。幸いなことに部長も突っこんできたりはしない。

「ええっ？　ケーキ食べ放題が終わってしまうですか？　それは大変です！」

食いしんぼうなタマは、すぐに食いついてきた。

しかし部活をいったいなんだと――小一時間ほど問い詰めたい気分をぐっと抑えて、京夜は手でサインを作ってみせた。

「こうなんだけど」

〝GJ部式挨拶〟だ。中指と薬指の間をぱっきりと割った、変形ピースサインである。

「そんなん。できるわけないですよ！」

思った通りの返事を――タマはした。

京夜は内心で、うんうんとうなずいた。

自分もはじめはそう思った。指がつりそうになってできなかった。だけど血の滲むような練習をしたら、できるようになってしまった。いまでもたまに練習をしている。ちょっと油断すると、すぐにできなくなってしまうのだ。維持するためにも努力が必要だ。

「いいや。そうでもないよ。――ですよね？」

京夜は皆に話を振った。

聞いていなかったようでいて、部室のあちこちから〝GJ部式サイン〟が返ってくる。

部長は枝毛をねじりながら片手で。紫音さんは文庫本から目を上げもせず片手で。

綺羅々さんはお肉を食べつつもう片方の手で。恵ちゃんはお湯を注ぎつつ空いたほうの手で。いかにも簡単そうに四つのサインが返される。

「えーっ？　あーっ……。あっ、あうー……。なんでみんなそんなのできるですかぁ……」

タマが弱気モードになった。

弱気と強気とのあいだでコロコロ入れ替わるのがタマという子だ。見ていると楽しい。いじるともっと楽しい。どうにもイケナイよろこびに目覚めてしまいそうである。

オーバーなアクションで落ちこむタマの肩に、京夜はそっと手を置いた。

「でも心配いらないから。僕が教えてあげるから。——ねえいいですよね部長？　教えてあげてもかまいませんよね。あとそれから、一週間でやらなきゃダメだめとか、厳しいことも言いませんよね？」

「言わねーけど」

部長はあいかわらず毛先を見つめている。どうも今日はノリが悪い。

「だいじょうぶだって。僕だって最初はできなかったんだから」

どうすればできるようになるのか、京夜はすべて知っている。独自に編み出した練習方法も色々とある。先輩らしく、優しく懇切丁寧に、タマに教えてあげることも——。

「あ。できちゃいました」

タマがぽつりと、そう言った。

「えっ？」

見れば、タマの手は〝GJ部式サイン〟の形を取っていた。完璧だ。震えのひとつもない。

「なんだ。やってみたらカンタンでしたよー。はじめ宇宙人ですか！　――とか思っちゃいましたけど、あははー。なんとワタシも宇宙人でしたっ！」

「だからさー」

と、部長がいかにも面倒くさげに口をきく。

「こうなる予感がしてたから、私はタマにやらせなかったんだよ。人には二通りあるんだって。はじめから出来ちまえるヤツと、血反吐吐いて地べた這いつくばって努力して、やっとのことで出来るようになるヤツと、二通りの人間がいるんだって――前に言ったろ」

「聞いてないですよ。初耳ですよ！」

「そだっけ？　あれ？　どこでだったかなー？　でもどっかで誰かに確かに言ったぞ？」

「みんな努力してこうなったんだと思ってましたよ」

京夜は暴れた。右手と左手、両方の手でGJ部式サインをダブルで作って、部長に迫った。

「四ノ宮君すごいですー。わたし右手でしかできないですよー？」

恵ちゃんが褒めてくれるが、ぜんぜん嬉しくなかった。

「おま――どんだけ努力したん!?」

素質と才能の違いというものを思い知らされた一日だった。

宇宙人ですよっ！

ミニ知識

GJ部式挨拶

手で作る不思議なサイン。
手の指を、親指、人差し指と中指、薬指と小指と、三つの組にぱっきりと分ける。
ぷるぷる震えたりしてはいけない。
はじめからなんの苦労もなく出来てしまえる人間と、
努力して練習して出来るようになる人間と、二種類に分かれるといわれる。
部長と京夜は努力型。紫音、恵、綺羅々、タマは、先天型。

タマの特技

春眠、暁を覚えず。――という言葉がある。

大雑把にいえば、春は眠くなるよね、という意味の、昔の偉い人のアリガタイ言葉である。

どうしてこんなに眠いのだろう。京夜はテーブルに突っ伏して、うたた寝を決めこんでいた。

開け放たれた窓から、風がさあっと吹きこんできて、髪を優しく撫でていかれる。それが大変に気持ちよい。そうして、くうくうと寝息を立てていたら――。

まぶたを通して、赤い光が、閃いた。

一瞬遅れて、パシャ――っと、シャッター音。

「センパイの寝顔、ゲットです！」

「うあ？　あー……？」

もたもた起きて、顔をこしこしやっている京夜の前に、タマがデジカメを突きだしてくる。

「ほらヨダレ垂らしてますよ。モエモエです」

「え、えーっ？」

京夜は慌てて口許を拭った。

「おそいおそい！　おそいのです！　もう証拠はバッチリとデジタルで永久保管されている

のです！　――紫音先輩っ！　ほらほら見て見てセンパイのマヌケ顔ーっ」

タマが小学生的にはしゃいで、紫音さんのところに見せびらかしに行く。

「ぜ、ぜひコピーを頼む」

「や。やめて。やめてよ。やめてってば」

京夜は慌てて追いかけた。ＳＤメモリカードを差しだしてきている紫音さんに「めっ」とやってから、タマに向き合う。

「ちょ――消してくれないかなそれ」

「だめですよー」

デジカメを隠してタマは言う。そのカオは楽しいことを見つけてしまったカオになっていた。

「どうしてもって言うなら、もっと恥ずかしい写真と交換なら考えてやらないこともないです」

「それ交換条件になっていないと思うんだけど」

「いーじゃんべつに寝顔くらい」

部長が言う。その通りだった。べつに寝顔くらい、どうでも良かった。

部室にはなんか妙な空気が立ちこめつつあった。

「も……、もっと恥ずかしいのっていうと……、たとえば……、ど、どんなものだろう？」

「キヨドっているところだな。つまりチワワのポーズだ」

「なんなんですかそれ？　ワケワカンナイですけど見てみたいですそれ」

「ごはん食べてるとこなんてどうでしょうー？」

「それどこが恥ずいんだよ？」

「おふろ？」

綺羅々さんまでもが会話に入ってくる。いきなり妙なことを言いだしている。

「うわ――おま、キララ！　それアウト！　アウトだ！」

部長が真っ赤になって綺羅々さんを叱りつける。

恵ちゃんのお茶も出てきた。被写体としてなにがふさわしいかをネタに、お茶会がはじまる。

「オレマンどうだ？　オレマン？」

「なんですか？　オレマンって？　なんかネーミングダサダサです」

「だめですよう。あれカッコいいですよー」

「いやあれとっても恥ずかしいんだけど」

「だからオレマンってなんなんですか？　ダサカッコイイですか？　単にダサイですか？」

いかにもGJ部らしいぐだぐだな会話が続く。

「だけどタマ。ガッコにカメラなんて持ってきて、よく没収されないよね」

うちのガッコは携帯はOKだがデジカメやオーディオプレイヤーは原則禁止だ。京夜のクラスの担任の撫子先生みたいに物わかりのいい教師ばかりではないだろうに。

「隠すから平気ですよ。――ほら」

と、タマの手のなかに、魔法のようにカメラが出現する。

「ほー。へー。はー」

京夜は感心した。まるで手品だ。

「教師に見つかったら、こうやって、からかってやるですよ」

タマが手をひるがえすと、ぱっとカメラが消失する。

「おまえいまカメラ持ってたろ！　――とか、ポケット探られたってー。ほらっ！」

両手をあげて持ってませんよと、タマはアピール。紫音さんと綺羅々さんとが両側から上着のポケットを探りにゆく。スカートの下に穿いた万年ジャージのポケットまであらためて――。

二人は揃って、首を横に振り返してくる。

「これ。まほう？」

「見事なものだね。私にも見えなかった」

「あれ？　ねえ。どこにあるの？　カメラどこ？」

「さあ。どこなんでしょうねー？」

タマは肩をすくめて、おどけてみせる。

「あれえ？　ここです！　ここにありましたー！」

恵ちゃんが素っ頓狂な声をあげた。自分のポケットから銀色のデジカメを取りだしてくる。

タマの意外な特技に、皆で感心させられた一日だった。

センパイのモエモエ写真♡

そのモエモエっていうの、
やめてくんない？

わかりました。じゃあ
モヘーって言うですよ。

もっとヤだよそれ。

マッサージ上手

「私の特技を聞きたいか」

いつもの放課後。いつもの部室。いつものように部長が無茶なことを言いだした。

「いえべつに」

お約束としていちおう一回は拒否っておくべきだろう。そう思って京夜はさくっと拒絶した。

「あー……、そ、そうか……。ごめんな。わるかったな」

「ええーっ？　部長どうしちゃったんですか一体」

横を向いた部長の目の端っこに、輝くものを見てしまい――京夜は思いっきりうろたえた。

「お、おまえこそ、なんだよ。そんな強気で……〝スーパーキョロ〟に変身もしてねーくせに」

「いえ一度は断るのがお約束であるのかと。GJ部魂であるのかと」

「そ……、そうか。それはつまり私のマッサージ術に興味があったということだな」

「すいません。やっぱいいです」

単語のなかに、なにやら不穏な響きを聞きつけて――京夜は本気で断った。

でももう遅かった。完全復活した部長は椅子から立ちあがって、京夜の背中を押してきた。

「いやいやいや。安心しろ。変なのじゃないってば。よってらっしゃいみてらっしゃいってさ」

部長に押されるまま、畳のうえの和のスペースに上げられる。

「さあ。そこに寝るのだ」

そう言った部長は、上履きをぽいぽいと脱ぎ捨てる。畳にあがるのでそれは当然としても、なぜか靴下まで脱ぎはじめる。

「なにやってるんですか。部長」

「なにって？　フツー脱ぐだろ。なんだ履いてたほうがいいのか？　滑るからムズいんだよ。いいからそこに寝ろっての。──うつぶせな」

言われるままにうつぶせに寝て、びくびくしながら待っていると──。

「ぐえっ！」

背中をいきなり踏みつけにされて、京夜はうめき声をあげた。

部長が背中に乗ってきている。足で踏み踏みと、京夜の背中を踏みにきている。

「ぶ、部長……、重いです……」

「ウソつけ。そんなに重たくないだろ。三十キロそこそこだぞ」

「それはまあ、そうですが……」

いきなり乗られたときにはびっくりしたが、たしかにそんなに重たくはない。

肩とか背中とか腰とか、部長の小さな足で、踏み踏みされてゆく。

「ほれ。気持ち──よかろ？」

「あー。気持ちーぃです」

「わっ」

紫音さんの声がした。がらりと戸を開けて入ってきたところで紫音さんが固まっている。

「そ……そ、それはなにかな？　なんなのかな？　なにかの……、その……」

「オマエの考えているよーなコトじゃねーよ」

「部長の特技でマッサージなんですよー」

「いやすまない。私はてっきり倒錯したなにかであるのかと。物の本で見たそうした事かと」

「はい？　倒錯？」

「いやすまない。忘れてはくれまいか」

なんだか変な紫音さんは、ぎくしゃくしながら椅子に向かった。席についてからもこちらをじっと向いていて——、踏み踏みされる京夜は、紫音さんの視線をずっと感じていた。

「わ、私もその……。踏んでみても、いいだろうか？」

「いやそれはちょっと……」

紫音さんは長身で、スリムではあるが、体重はそれなりにありそうで——。

「そ、そうだな……。初心者には早かったかもしれない。すまない。忘れてくれまいか」

「ふふん。ちっちゃくて痩せっぽちなことに、かつてこれほどの優越感を覚えたことはない」

部長がなんか言っている。紫音さんに対してなのだろうが、いまひとつ意味がわからない。

「あー。お姉ちゃんマッサージですねー。タイ式ですねー」

がらりと戸を開けて、こんど入ってきたのは——恵ちゃんだった。

「じゃあわたしもー」

「え？」

断るひまもあらばこそ。恵ちゃんは「えい」という声とともに京夜の背中に飛び乗ってきた。

「ぶぎゅる！」

これは声ではない。〝身〟が出た音だ。

「おま——なんでもかんでも、わたしの真似すんじゃねーよ」

「てへっ」

二人分の体重が背中にかかっている。マジ死にそう。そういえば〝お姉ちゃんと一緒〟が、恵ちゃんの属性だった。部長がやっているのを見て自分もやろうと思ったのだ。

「恵ちゃん——！　死ぬ死ぬ！　死んじゃう！　重い重い重い——っ！」

ようやく背中の重さがなくなってくれる。

京夜は突っ伏したまま、ぜーはーと荒い息をついていた。

死の淵から生還してきた京夜が、ふと、横に顔を向けると——。

「そんなに……、おもたく……。ないです」

膝を抱えてしゃがみこみ、ひどく落ちこんでいる恵ちゃんの姿があった。

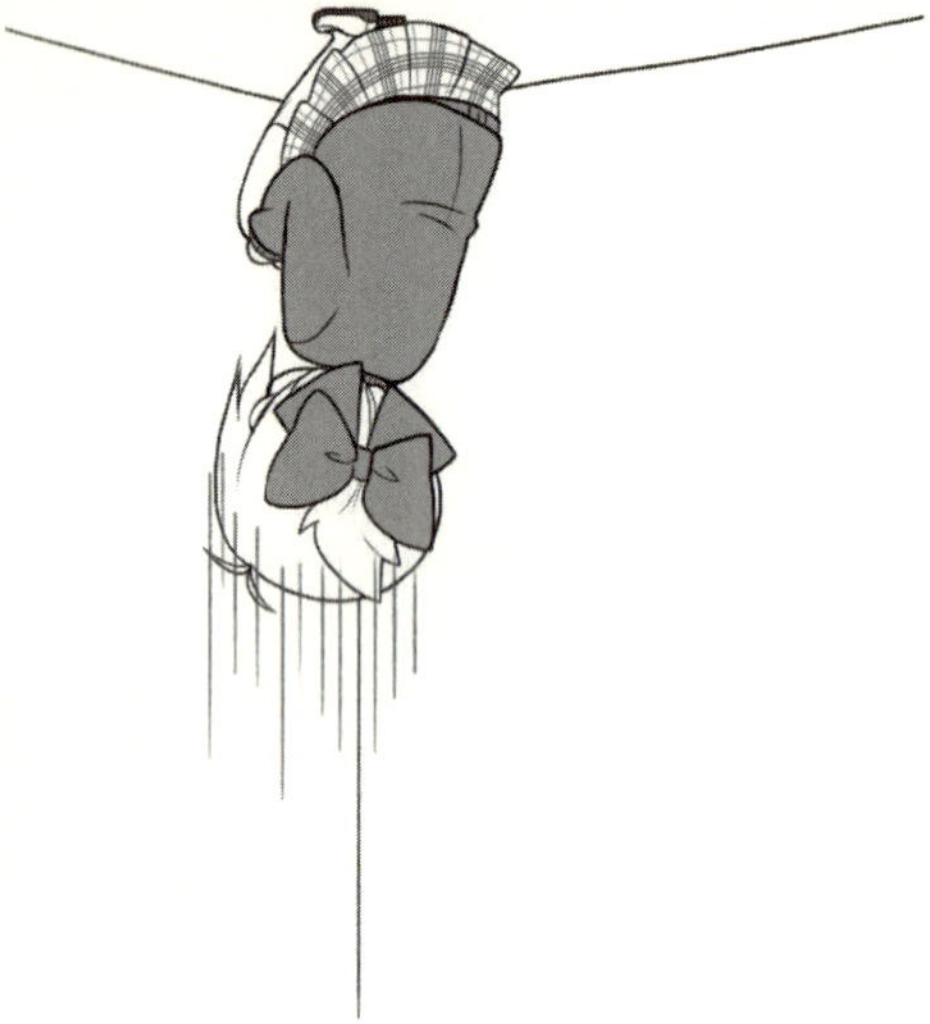

やーい。100トン～♪
100貫～♪ 100ポンド～♪

部長やめましょうよ。
恵ちゃんに唯一勝てるとこ
見つけたからって。

100貫はおよそ375キロ
グラム。100ポンドはおよそ
45キログラムのことだね。

悪口になってないですよそれ。
45キロはフツーですフツー。

ぎうにうナイト

いつもの放課後。いつもの部室。

「運命の出会いって、あるものなんでしょうか？」

恵ちゃんが編み物をする手を動かしながら、そんなことを訊いてくる。

白馬の王子様を信じている恵ちゃんらしい。夢のある質問だった。

「僕はあると思うけど」

「ねえな」

「人の知覚するものが人の思う世界だからね。あると思えば、それはあるといえるのではなかろうか」

「るる。」

「キララそれ答えになってませんよ」

みんながそれぞれの見解を返す。綺羅々さんの「るる。」はどうも同意の鳴き声らしいのだが、この場合には、どっちに同意しているのかわからない。

「そうですかー。やっぱあるんですねー」

恵ちゃんは納得できたようだった。

「ねえって言ってんじゃねーか」

部長が突っこんでいるが、民主主義の基本原則である「多数決」によって、少数意見は抹殺されている。部長は多数決を採ると常に少数派に回るという星の下に生まれついている。

「運命の出会い――って、そう言ってくる男子がいるんですよー」

「なんですと！」

「なんだとおぅ！」

京夜と部長はエキサイトした。穏やかなはずの部室の空気は、一瞬にして熱気をはらんだ。

「どこのどいつだ！」

「いったい誰ですか！」

「あれれ？　二人とも会ったことありますよ？　ほら……このあいだお花見やったときに出会って、挨拶したじゃないですか」

「いたっけ？」

「だれですか？」

京夜は部長と二人で顔を合わせて首を傾げた。

恵ちゃんの言う「花見」というのは、新学期が始まったばかりの桜の季節に、部長が「恋愛勇者王の伝説」とか言って、いきなり花見が決行された日のことだ。

〝恋愛勇者〟なる者は結局現れなくて、GJ部一同と、森さんと、そのほか、知り合いの面々たちによる、単なる花見となったわけだが……。

「ほら。いたじゃないですか。わたしの小中学校のときのクラスメートの男のコで……」

「あいつか。あのわんぱくそうなやつ」

「あの冴えない感じの彼ですか。ぜんぜんいいイメージじゃなかったですよ?」

「わたしはわんぱくって言ったぞ? イケメンだなんてぜんぜん言ってねーぞ?」

「僕もイケメンだなんてぜんぜん言ってないですってば」

そして二人して顔を恵ちゃんに向け——。

「ともかく、だめだ。姉として許可できん」

「考え直したほうがいいと思います。まずはともかく落ちついてよく考えましょう。運命の出会いは逃げていきません」

「二人とも、落ちつきたまえ」

「落ちついてます。僕は恵ちゃんに落ちついてもらおうと思っているだけで——」

「これが落ちついていられるか! どこの馬の骨ともわからんやつにメグをやれるか!」

綺羅々さんがやってきた。首根っこを摑まれた。

部長と二人して、首の後ろを持たれて、ぶら～んと運ばれて、窓の外に吊される。

「もちつけ。」

右手に部長。左手に京夜。

左右の手のそれぞれに人間一人分の体重を吊していても、綺羅々さんは涼しい顔だ。

「いやそこは〝もちつけ〟じゃなくて〝おちつけ〟だと思います。ある意味合ってるかもしれませんが。――あああ！　いま辞書引いて調べないでくださいねお願いしますからっ！」

足下遥か数メートル下に地面を見ながら、京夜は言った。

部長と二人で、たいへんよく落ちつけた。

部屋に戻って恵ちゃんの話をよく聞いてみれば、そんな慌てるような必要もなくて――。

〝運命の出会い〟を連呼していたのは、相手側の男子だけだった。今年入った新入生で、タマのクラスの男子生徒で、「ああ。バカレッドですね」とタマが面倒くさげに言うその彼は、恵ちゃんの小中学校の時のクラスメートで、九年間ずっと隣の席にいたのだという。

「わたし。ぎうにう飲めないんですよー。給食の時間のたびに、飲んで貰ってましたー」

「あれ？　でもタマのクラスメートなのに、なんで恵ちゃんのクラスメートでもあったわけ？」

「他の学校からこちらに入学しなおしてきたそうですー。だからもういっぺん一年生で」

「追いかけてきたのか！　バカだ。バカだそいつ。暑苦しいにもほどがあッだろ！」

「君は僕が守る、ってそう言ってくれてるんですけど……。だけどうちって給食ないですよね？　ぎうにうないですよ？　どうしたらいいでしょう？」

「馬鹿です。馬鹿ですよ。放置しとけばいいんですよ。馬鹿に飲ませる牛乳なんてないですよ」

京夜は部長と二人して、ともかく大きく安心していた。

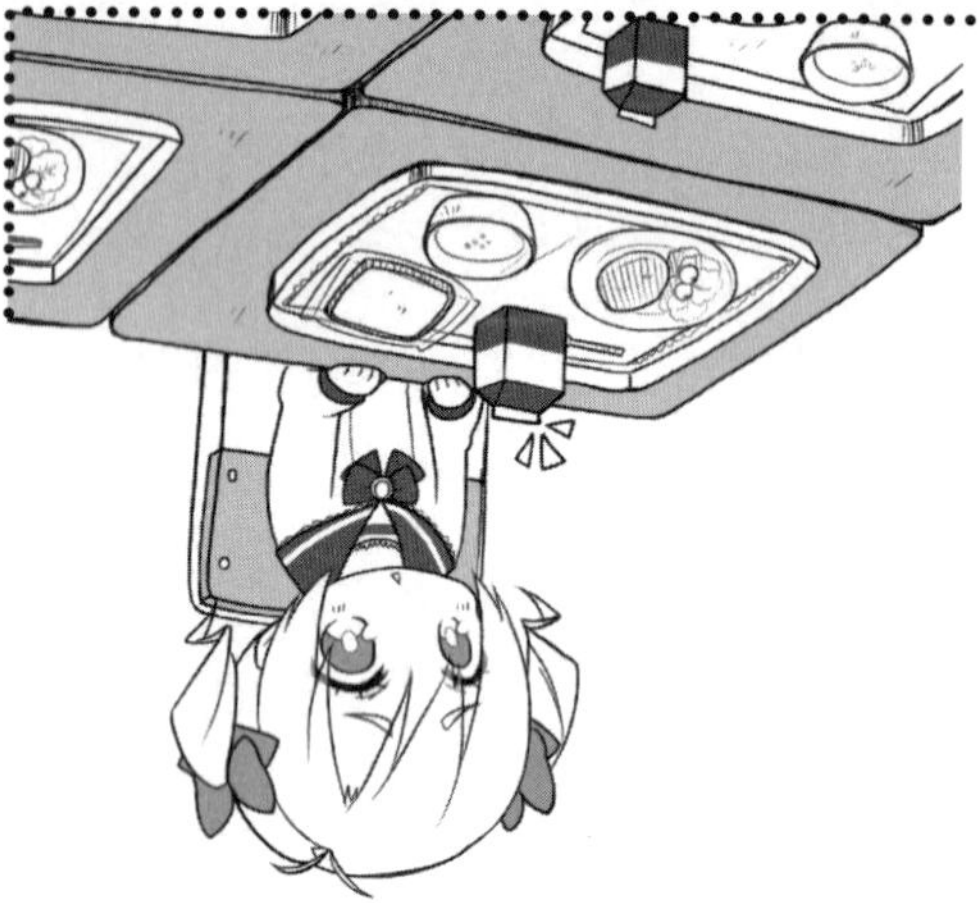

こんどそのバカ、
部室に連れてこい！

いいですね。GJ部の
恐ろしさをその身に
叩き込んでやりましょう！
身の程を思い知らせて
やりましょう！

セ、センパイ……、
キャラ変わってますよ？

フキダシ・シリーズ

丸テーブルの端っこで、部長がぺたぺた、ちょきちょきと工作をやっている。

なにを作っているのか、京夜には、よ～くわかっていた。

過去二度にわたり、GJ部全土を震撼せしめた〝アレ〟である。

「部長～、もうそれやめましょうよ～」

お茶の準備をやっている恵ちゃんの背中を、ちらりちらりと横目で見つつ、京夜は言った。

ハミングしながらお茶っ葉を計る恵ちゃんには、こちらを気にしている様子はまったくない。

いつもの放課後。いつもの部室。

GJ部の部室は、部長が不穏な工作をしている以外、まったくいつもの様子だった。

紫音さんがカチカチとマウスでクリックしてチェスの駒を進めて、海の向こうの絶対王者さんをボコボコにしている。あれ？　世界統一王者さんだったか。ま。どうでもいいか。

綺羅々さんがもくもくとお肉を食べ――あれはたぶん鶏でなくてカエルの脚。

そしてタマがばりばりとポテチを噛み砕きながらマンガを読んでいる。ポテチの脂と塩とノリの付いた手でページをめくらないという〝躾〟に成功したのはいいけれど、スカートの下に履いている万年ジャージで拭いているのは、それはどうなのか。おもに女の子として。

「ふふふのふ。キョドっているおまえは、まさにキョロの名にふさわしい。さあ存分に恐怖に打ち震えるがよい」

極太のペンで仕上げをしつつ部長は言う。魔王っぽい台詞が、なんだか大変よくお似合いだ。

「キョドってませんよ。部長がどんなフキダシを作るか心配しているだけです」

「――僕の恵ちゃんを汚さないでください、ってか？」

「言ってませんし」

恵ちゃんのほうを気にしながら、京夜は小声で言い返した。

部長はあいかわらずの大声で言ってくる。

「いいや言った。おまえは確かに一回言った。〝僕の恵ちゃん〟とかそお言って、姉であるわたしに説明責任を発生させた」

「二回だよ」

ネットチェスに興じていたはずの紫音さんが、黒髪で語る。

「キョロ君の部屋にあがったときに一回。恵君がすべて計算ずくだと真央が言ったときに一回」

「だそうだ」

部長が勝ち誇る。京夜は反論しなかった。完全記憶の持ち主が言うからにはそうなのだろう。

「なにが計算ずくなんですかー？」

恵ちゃんがこちらを向く。

「ああほらっ、恵ちゃん時間の計算だいじょうぶ？」

「あっ。はーい」

京夜に言われて、恵ちゃんは砂時計とのにらめっこに戻った。お茶っ葉を蒸らす時間の管理が紅茶のキモである。

「おまえレベル上がったな。——それはそうと、我がGJ部では、死刑となる者には刑を選ぶ自由が与えられている」

「なんで死刑になってるんですか僕。死刑にされちゃうんですか僕」

「おまえの幻想を殺す。暗黒の部長力には、すべての幻想を殺す能力もある」

「なんかラノベでそういうのよくありますね。——部長力っていつ暗黒に染まりました？」

「さあ——。選べ」

部長はフキダシ・シリーズを、ずらりと出した。三枚の黒いセリフが並べられる。

——ぷっ。くすくす。

——死ねばいいのに。

——バカ？　バカなの？

「う——く——、こ、これはっ」

どれも強烈なダメージだった。想像してしまった。ニコニコ笑顔のその脇に、このフキダシが重なっている様を——。

「うわあああー」

京夜はあまりの恐ろしさに頭を抱えた。暗黒の部長力、恐るべし。

「あと一枚作ったんだが。……なんかねーかな?」

白紙で未記入のままのフキダシを部長はもてあそんでいる。

「お茶が入りましたよー」

恵ちゃんがお盆を持ってやってくる。京夜は慌てた。恵ちゃんの目にふれないように、暗黒のフキダシをかき集めにかかる。

「なんですかー?　またわたしにはヒミツなことみたいですねー?」

白紙のフキダシが——なにも書き込まれていなかった一枚が、ひょいとタマの手に移る。

「なんですかこれ?」

タマは他のフキダシを見て、恵ちゃんのニコニコ笑顔を見て、すぐに「ああ」と一瞬で理解した顔になった。ペンを手に取ると、キャップを親指で弾き飛ばす。

ずばばばばっ——と、勢いのままに書きつける。

そのフキダシを手に恵ちゃんの背後に回りこんで——。さっと掲げる。

「あれ四ノ宮君?　泣いちゃってますー?　あれー。なんでなんでー?　なんですかーっ?」

——腐ォオオオ——ッ!

恵ちゃんが腐属性のオーラを放っていた。京夜は部長と二人して抱きあって震えあがった。

いやー
いやー
腐ォオオオォ…ッ
センパイなんで泣いてるですかー!?

CHARACTER PROFILE

キャラクター・プロフィール

【タマ】❷

すっかりGJ部に定着した新入部員。でも毎日は来ない。恵のケーキが出る日だけ顔を出す現金なやつ。その「資質」には目を見張るものがあり、GJ部式挨拶、GJ部式発声法、などなど、京夜がマスターするのに長いことかかった課題をはじめから余裕でクリア。京夜が苦労して得た見習い部員の資格をすでにゲット済み。

ぷちぷちシート

いつもの放課後。いつもの部室。

京夜はなにげなく暇つぶしをやっていた。

ぷちぷち、ぷちぷちと、シートを潰して音を立ててゆく。

いわゆるひとつの「ぷちぷちシート」である。みんなの大好きなアレである。

「なにかな？　それはなにかな？」

さっそく紫音さんが興味を示してきた。チェスのネット対戦も途中で放り出し、椅子のローラーをがーっと滑らせて、丸テーブルのほうにやってくる。

画面の中では、世界統一王者さんが次の手を待って、むなしくメッセージを点滅させていた。

「なにかな？　それはなにかな？」

「庶民の愉しみですよ」

京夜は笑顔を返した。

紫音さんが釣れた。やった。――その喜びを顔には出さず、これまでと同じ〝何気なさ〟のまま、目を輝かせてる彼女に言う。

「オカンが通販で買い物したら、これでもかっていうくらい、ぐるぐる巻きで入っていまして――。過剰包装バンザイって感じです。なのですこし切って持ってきました」

「そ、それは――？　私にも可能なことだろうか？　選ばれし者の資質がないとだめだろうか」

「カンタンですよ」

どこかおかしい紫音さんの、その舞いあがりっぷりは――見て見ないことにする。

待ちきれずに、ぐーっと突き出される両手に、とりあえず二十センチ四方くらいを握らせる。

「指先で、そう――ぷちっと」

「お。お。おおぉっ」

ぷち。ぷち。ぷち。――と。

彼女は夢中になって〝ぷちぷち〟を潰してゆく。

最近京夜は、こちらの紫音さんのことを「しおんさん」と呼んでいる。カッコいいときのほうが「紫音さん」で、こちらのときには「しおんさん」だ。

「あー。ありますね。そーゆーの」

タマが低い声で言った。物憂げに首だけを回してこちらを見ている。

今日のタマはローテンションな日だ。恵ちゃんのケーキが出ない日は大抵そうだけど。

「タマもやる？　いっぱいあるよ」

「んじゃせっかくですから、ちょっとだけ――」

タマにも二十センチ分を渡す。皆でうつむいて、ぷちぷちぷちと、無言になる。

「なんですかなんですかー？　わたしにはヒミツなことですかー？」

次に釣れたのは恵ちゃんだ。

恵ちゃんもやっぱり知らなかったらしい。嬉々として二十センチ分のシートを受け取る。

「そんな……っ!?　こんな使いかたがあったなんてっ!?」

ぷちぷちを数個も潰していったところで、恵ちゃんはなにか愕然とショックを受けていた。

「お菓子に入ってますよねクッキー缶とか!?　これまでぜんぶ捨てちゃってましたよ!?　わたし!?　——なんてもったいないッ!?」

錯乱気味になって、据わった目つきになって、ぷちぷちぷちとひたすら潰してゆく。

「うん。うんっ。——人生の半分を損していた気分だ」

紫音さんが同意する。こちらも錯乱気味である。

「あ。キララもどうぞ」

綺羅々さんが気配もなく、ぼーっとそこに立っていた。

皆とおなじように二十センチぶんほど手渡すと、床にしゃがみこんで、ぷちぷちぷちぷちぷちぷちと——すぐ夢中になる。

「つ、つぎっ——次をくれまいか!?」

もう禁断症状の出ている紫音さんが言う。京夜はまた二十センチばかりを配給した。

京夜はちょっとばかり驚いていた。あまりにうまくいきすぎて、あまりに大漁で——

自分の〝GJ部魂〟にちょっと自信が持ててしまう。いや――そもそも〝GJ部魂〟とはなんなのか、いまだによくわかっていないのだけど。

そして京夜は、最後の一人――部長を見た。

一人でコタツに残った部長は、どっかとあぐらを組んで腕組みをしていた。その目は瞑想でもするかのように、きつく瞑られている。

それが京夜には意外だった。

まず真っ先にノッてくるかと思っていたのだけど――。

「部長……っ？」

瞑想する部長に、京夜は遠慮がちに声をかけた。

「どうですか？　部長も？　これけっこう楽しいですよ……？」

部長が目をカッと見開いた。

つかつかつかと歩いてきて、京夜が差しだした二十センチ分のほうでなくて、ぐるぐる巻きにしてあった大本のほうを、ガッと両手で摑み――。

「ムガーっ！　キサマら！　チマチマチマチマチマチマとーっ！　こうでこうでこうだーっ！」

雑巾でも絞りあげるかのように、一気に――。

ぶちぶちぶちぶちぶちぶち――っ！　とやってしまう。

ああ。そうだった。部長はチマチマしたことが、ひどく苦手な人だった。

What!?
What!!
Whaaaatt!!!

ミニ知識

ぷちぷちシート

みんな大好きぷちぷちシート。庶民のぜいたく。中流階級の雅なる遊び。
あまり知られていないことであるが、
ホームセンターの梱包材のコーナーに行けばメートル単位で買うこともできる。

受け継がれる伝統

「GJ部魂ってなんなんですかー！」

放課後の部室。京夜はタマに詰め寄られていた。

ちっちゃな拳をぎゅっと握って、タマは怒ったように、京夜を下から見上げにかかっている。

今日のタマはテンションの高い日。強気モードの日。

「センパイたちすぐ言うじゃないですかー！　『おまえはGJ部魂がわかっていない』『GJ部魂がわからんうちは半人前だ』とか言いやがるですよ！　そうやって見下されているのってタマ的には我慢ならないんですけどー！」

「いやあのね」

ムキになって迫ってくるその顔がひどく近い。手をかざして押さえているだけで精一杯だ。

「お。タマって言ったぞ。いま自分で言ったぞこいつ」

「ついに認めたね」

「わあい。じゃあこれから環ちゃんじゃなくて、タマちゃんって呼んでいいんですねー」

部長と紫音さんと恵ちゃんが、他人事のように言っている。綺羅々さんは目を丸くして見つめてきながらも、お肉を食べる口の動きは止まらない。

京夜の苦境を助けてくれる人は誰もいないようだった。

「GJ部魂って、いったいなんなんですかー！」

タマが全身で叫ぶ。京夜はたじたじとなった。

「いやあのそれはね……、ねえ部長～、説明してあげてくださいよ～」

しかし部長は「しししし」と、イヤーな顔になって見つめ返してくるばかり。

「このあいだセンパイだって言ったじゃないですか。『タマもGJ部魂がわかってきたかな』――だとか、上から目線で言いやがってたじゃないですか！」

「え？　えーっと……。そうだったかなぁ。よく覚えてないなぁ」

「センパイは！　タマの乙女心を傷つけましたよ！」

びしりと指を突きつけて、タマは弾劾してくる。

「よって説明する責任があります！　セキニントッテネ――コノヤロウ、って感じです！」

「いいぞもっとやれ」

「ふむ。責任は取らねばならないな」

「きょろ。まずい？」

「お茶淹れますねー」

皆が勝手なことを言ってくつろいでいる。京夜一人だけが、なぜか矢面に立たされる。

「さあ説明してください！」

「説明しろって言われたって……」

京夜は困っていた。自分も知らないのだ、と言いだすタイミングをすっかり逃していた。

GJ部魂がなんだかわからないということは、つまり、見習い部員であるということを意味している。タマの前で「ごめん僕も知らないいんだ」と言ってしまえば、それで済むところなのだろうが……。

いくら平和的敗北主義者とはいえ、高校二年の男子として、〝矜持〟というものがちょっぴりとだが存在する。下級生に見栄を張りたくもあり――それに京夜も見習い部員のままと知ったなら、タマのことだから、きっと果てしなく付け上がってくるのだろうし。

「あれはね。説明できるようなことじゃないんだ」

京夜は腕を組み、難しい顔を作った。

重々しい言葉で語りはじめる。

「いいかい。タマ。――人はGJ部部員に生まれるんじゃない。GJ部部員になるんだよ」

「ふ、ふえっ?」

京夜の雰囲気が変わったからか。それともただ単に語られる内容が難しかっただけか。

タマはぽかんと口を開けていた。気を呑まれて、京夜の次の言葉をおとなしく待っている。

いい調子。いい調子

「考えるんじゃない。感じるんだ。――天と地と風の息吹を聞けば、きっとタマにもわかってくると思うよ」

「しゅ……しゅぎょーですか？　しゅぎょーしないと、それって……だめなことなんですか？」

タマはすっかり弱気モードに変わっていた。

そういや「努力」とか「修行」とか「宿題」とか、そうした言葉に弱い子だ。

「いやいやいや。タマには凄い素質があるんだ。——ね。そうですよね。部長？」

「うむ。十年に一人……いいや百年に一人の逸材やもしれん」

部長がこういうときだけ、重々しく調子を合わせてくる。

「このGJ部で修……いや、遊んでいれば、きっと身につくと思うよ」

「遊んでいればいいんですか！　それならタマにもきっとできると思うですよ！」

やっぱタマって——バカカワイイ。

「センパイ！　センパイ！　タマにGJ部魂を教えてくださりやがれですよ！」

言葉の端々に毒はあるが、腕にしがみつかれて、なつかれて——まあ悪い気はしない。

「う……うんっ。そうだね」

タマにうなずき返しながら、京夜は考えていた。

なんか以前、自分が部長に「GJ部魂ってなんですか」と聞いたときにも、同じような感じで、はぐらかされたような……？　ひょっとして、もしかして、部長もじつは……？

部長に目をやると「にしししし」と、意味ありげな視線が返ってくるばかりだった。

GJ部魂ってなんなんですかー！

CHARACTER PROFILE

キャラクター・プロフィール

【GJ部の部長 ぐっじょぶのぶちょう】❷

天使真央は伝統あるGJ部の現部長。GJ部の歴史は古い。「グッジョブ！」という言葉が生まれた頃であることは間違いない。部長の仕事は多忙を極める。新人の監督、教育のほか、部室に置かれた太古の品々の管理などなど。その忙しさは漫画を読みながらポッキーを食べていられるほど。

ばけらった

いつもの放課後。

京夜は部室への廊下を急いでいた。

今日は「あれ」の日だ。「ばけらった」の日だ。

部室の戸に手をかけて、勢いよく開く。

「おはよーございますっ！」

椅子に座っていた紫音さんが、びくっと身をすくめる。動揺が黒髪を伝わっていって、毛先までいって跳ね返る。

「部長。紫音さん。おはよーございます！」

「おう」

部長の声が返ってくる。しかし紫音さんは不安げな顔をするばかりで挨拶を返してくれない。

わざわざ三度目の挨拶を、京夜がしようとすると——。

「ば……」

紫音さんがようやく口を開いた。そして言う。

「……ばけらった」

「はい。おはようございます」

じーんと、京夜は満足した。たしかに「ばけらった」の日だった。

おもろかった。堪能した。

紫音さんの隣――自分の席につく。隣の席からは紫音さんが恨みがましい目をじっとりと向けてきている。なにか言いたそうなカオであるが、なにを言っても「ばけらった」になるので、なんにも言えずにいる。

「なんだよ？　キョロおまえ。もういいのか？」

「ええ。堪能しました」

「淡泊なやつだな」

これはたぶんGJ部魂。これはたぶん部活動の一環。

もともと紫音さんが言いだしたことだった。もし負ければ一日言うことを聞こう――と、そこまで言い張って受けた「常識テスト」だった。しかし〝猛勉強〟の甲斐もなく、紫音さんはあっさりと敗れてしまった。「カワイイ生き物」の称号（紫音さん的には汚名）は返上ならず。そして紫音さんは部長の言いだした罰ゲームをやっているわけだった。今日一日、「ばけらった」以外の言葉を口にしてはならない。

「ばけらったぁ」

紫音さんがなんか言った。しかしなんで「ばけらった」なのか。部長のセンスはあいかわらず謎だ。まあたしかにカワイイけども。

「遅くなりましたぁーっ！」

どたどたどたと駆けこんできたのは恵ちゃん。ふだん物静かな恵ちゃんが息を乱して部室に駆けこんできた。全力疾走してきたのか、服装も髪の毛も、あちこち緩くなっている。

「六時間目っ……、体育でえっ、着替えでっ……」

「メグおま──肩ぁ！　紐ぉ！　ひもおぉ！」

「ば──ばけらったっ⁉」

「えっ？　あっ──⁉　ひゃっ！」

京夜はずばっと背中を向けた。どんだけ急いできたのか。服装があちこち緩かった。部長が「紐」とか慌てていたけど、肩のところに一瞬見えたあれって、もしかしてひょっとして──。

衣擦れの音が続く。恵ちゃんが服装を直している。

「短パンもぉ、いま脱いじゃいますから……四ノ宮君、もうちょっとそのままでぇ……」

「おまーな。楽しみなのはわかるが……。それはさすがにアウトだろ」

本当にどんだけ急いできたのやら。

「えへへ」

「えへへ、じゃねーよ！　そんなにガード緩いと、だな！　こわーいイケメンにお持ち帰りにされちまうぞ！」

「ばけらった！　ばけらった！」

「ほらシイもそう言ってる」

「ばけらった！」

「あの～、もう振り向いてもいいんでしょうかあ～」

「ばけらった」

許しを貰って振り向くと、恵ちゃんが髪留めを外して、髪をまとめ直しているところだった。

ほどくとけっこうな長さとなる。前に恵ちゃんの髪をブラッシングしたときにそれを知った。

「おはようございますー！　紫音さん！」

服と髪を直しおえた恵ちゃんはニコニコと笑顔で、京夜とおんなじことをやっていた。

「ば……、ばけらったぁ」

紫音さんは不服そうに、そう返す。

「紫音さん今日は紅茶にしますかー？　それともお兄さんのコーヒーですかー？」

「……ば、ばけらった」

今日の部活動。カワイイ生き物を鳴かせた回数――。

京夜五回。部長十八回。綺羅々さん一回。タマ九回。

そして恵ちゃん三十七回。

恵ちゃんがいちばん鬼だった。

ばけらったあ

CHARACTER PROFILE

キャラクター・プロフィール

【GJ部の策士 ぐっじょぶのさくし】❷

皇紫音は、完全記憶能力を持つ天才。ゲームと名の付くあらゆるもので天才ぶりを発揮する。その頭脳は盤上だけで発揮されるものではなく、現実をゲームのごとくやすやすと攻略さえする。キョロを三手で詰ませるシナリオを書いたときなどに、その黒孔明ぶりを発揮した。

タマのしつけ

それはしばらく前のこと。新入部員の下級生に「タマ」というあだ名が生まれた日のこと。

「今日はケーキないんですかー？」

下級生の少女の声が部室に響く。恵ちゃんがすまなそうな顔でごめんねと謝る。

「ケーキ出ないならもう来てやらないですよー」

それでも彼女はさらに言う。部長でも言わないような暴言を、ぽろりと口にする。

彼女がこのＧＪ部にやってきたのは、四月もなかばの頃だった。ＧＪ部の新入部員はいつも遅れてやってくる。クラスの皆のほとんどが部活を決めて、放課後の教室ががらりとしたことに驚いて、慌てて部活を探しはじめるようなマイペースな人材がいい。そうでないと、ＧＪ部のノリには、ちょっとついてこれないだろう。

京夜のときも同じだった。

やるなら文化部だろうと、木造旧校舎の文化部棟を訊ね歩いているときに、二階の一番奥には行っちゃいけないと忠告されていたにもかかわらず、気にせず歩いていたら〝捕獲〟されてしまった。今年は自分のほうが〝捕獲する側〟だったわけだが――。やられたときにはあまり気にしなかったが、いざやる側になってみて、たいへん気になった。

これはほとんど犯罪なのでは？

黒い布袋に詰めこまれた彼女は「にゃー！」とか「ぴゃー！」とかネコっぽく鳴いていた。怯える彼女をなだめすかした。そのとき一番の効果を発揮したのが、恵ちゃんのケーキだった。はじめのビビりはどこへやら。すっかり上機嫌になった彼女は、口のまわりをクリームだらけにして、「明日も来てやるですよ！」と意気揚々と引きあげていった。

そしてしばらくが過ぎ去って――今日に至る。

「話が違うですよー。ケーキ食べ放題だっていうから来ているですよー」

「あのね。環ちゃん」

ケーキケーキと騒ぐ彼女に、京夜は言った。

「恵ちゃんも毎日毎日、力作作ってたいへんなんだし。一日くらい休みがあっても仕方ないよ」

「んだぞ。タイヘンなんだぞ。毎朝二時起きでケーキ作りはじめてんだぞ。――おかげで風呂は自分で入らなきゃなんねーし。髪も自分でとかさなきゃなんねーし」

「なに言ってんのかワケわかりませんよ」

彼女が突っこむ。

もし彼女が突っこまなければ、京夜が突っこんでいたところだ。

「体重二キロ減りましたー。ファイトです」

ハイになってる恵ちゃんが、変なノリで言う。その目の下には濃い隈ができあがっている。

恵ちゃんほどの上級者であれば、ケーキも普通に作れば一時間かそこらだろう。でも恵ちゃんは手を抜かない。おいしく食べてくれる彼女というお客さんを得て、作るケーキが毎日エスカレートしてゆく。昨日なんて製作時間は五時間だ。果物の飾り切りで鶴だとか。いったいどんだけ？　そろそろストップをかける頃合だろう。

「ケーキ出ないならもう来てやらないですよ！」

ぷんすかと騒ぐ彼女を、部長がじっとりと見つめて——ついに口を開く。

「おい。キョロ」

「なんでしょう」

「あれをやれ」

「あれってどれでしょう」

「いきなり第二段階から行け。出し惜しみすんな。増長しきった小娘をぎゃふんと言わせろ」

「ああ。……アレですか」

部長がなにを言っているのか、京夜にはわかってしまった。

「な……、なんですか？　なんなんですか？　やるですか？　やるんですかーっ!?」

彼女は警戒して身構えている。

京夜は広げた手のひらで顔を覆った。腕を払ったその勢いで横を向く。タマのほうに顔をゆっくり戻したときに、すでに別人の顔を作り終えていた。変身完了だ。

「おいタマ！　おまえ――あんま調子くれてんじゃねえぞ！」

「ぴゃっ!?」

「オレマンですー！　第二段階ですー！」

彼女――環がびっくりした顔をする。恵ちゃんがハイになってはしゃぐ。

「た、たま――ってなんですか。わ、わたしの名前は、た、た、た……環ですよう」

「じゃあタヌキだ」

「へっ？」

「タマがいやなら、これからタヌキって呼ぶからな」

「た、タマでいいですよう……」

第二段階に変身した京夜に叱られて、環――タマはすっかり弱気になっていた。

「でもケーキ食べたいです。にこにこゴッド姉ちゃん……じゃなくてメグ先輩のケーキが……」

「わたしも作ってあげたいですー……」

「なら月木の二日だけだ。恵ちゃ……ううんっ！　恵も毎日毎日じゃ大変だ。それでいいな？」

「は。はい」

スーパーキョロ化は慣れていない。そろそろ変身のタイムリミットだ。

「うむ。見事な大岡裁きであったぞキョロ。褒めてつかわす」

今年の新入部員（見習い）の環は――こうしてGJ部の仲間となった。

～GJ部式　勧誘法～

CHARACTER PROFILE

キャラクター・プロフィール

【オレマン第二段階 おれまんだいにだんかい】❷

別名「スーパーキョロ」。京夜がオレ化して、さらに第二段階へと進化した姿。普段の温厚な性格から一変して勇猛化した京夜は、女性であろうが先輩であろうが呼び捨てにするぞ！

じゃーん！

いつもの放課後。いつもの部室。

今日はケーキがお休みの日。つまりタマのやって来ない日。

タマを除いた四人だけで、まったりといつものゆるふわな時間を過ごしていた。

「ん」

部長に差しだされたポッキーの箱から、京夜はきっかり二本を抜き取った。

「ども」

一本だと「遠慮すんな」と、そう言われる。三本以上取ってしまうと部長が悲しいカオになる。中庸道とは難しい。

「四ノ宮君。おかわりどうしますー？　熱いのと冷たいのと？」

「ぬるいやつで」

ゴールデンウィークもとっくに過ぎ去って――そろそろ衣替えかというこんな時期には、ホットでもコールドでもない中庸な温度がよく似合う。

そんないつものGJ部の戸を、誰かが――がらりと、勢いよく開け放った。

「じゃーん！」

「あれ？　タマ？　なんで？　――今日は来る日じゃないのに？」

「べつに月木しか来ないわけじゃないです。ほかはメグ先輩のケーキが出ないっていうだけで」

「じゃーん！」

タマはまたそう言った。そしてその場で、くるりんと回る。

「なに？」

なにかアピールされているようだが……。なんなのだろう？

「もう。わかんなかったですかー。センパイ、ダメダメです！」

指を突きつけて、タマはダメ出しをしてくる。

ちなみにタマは、京夜に対してだけ「センパイ」で、他のひとには「先輩」と言う。そこのニュアンスの違いにどんな意味があるのか、京夜は知らない。

「いいですか？　特別にもっかいやってあげます。――じゃーん！」

くるりん。タマはまたその場で回った。

「うん？」

なんか普段のタマと違う気がする。なんだろう。どこだろう。なにが違うのだろう？

「ん？　なんだよ。なにがどーしたっつーの？」

部長が読んでいた雑誌から顔をあげてきた。紫音さんもパソコンを離れてやってきて、恵ちゃんもお茶の準備を中断する。綺羅々さんも肉を手放してのそのそとやってくる。

「いや。なんか間違い探しゲームっぽいんですけど……。なにが違うのか、僕にはさっぱり」

「失格、失格、失格です！　くるりんのロマンがわかんない人は野獣やめたらいいと思います」

「いや〝くるりん〟はわかるし。もともと野獣じゃないし」

「森さんよく回してやがるしなコイツ」

「ラストチャンスです。これでわかんなかったら、タマはふてくされてかえります」

「あ。タマって言ったぞまた自分で認めやがったぞ。やっぱタマって呼んでいいんじゃねぇ？」

「――じゃーん！」

「あっ。わかった！　わかりました！」

タマはくるりんと、また回った。遠心力でスカートが花開き、白い太腿が――。

京夜はぽんと手のひらを打ち鳴らした。

「――生足だ！」

「生足だな」

「生足だね」

「生足ですねー」

「おいしいところ？」

皆で異口同音に言っている。綺羅々さんだけなんか違うことを言っている気もする。

「正解です！」

回り終えたタマはVサインでポーズを取った。

「おまえ。ジャージやめたんだ」

スカートの下にいつもジャージを穿いているのが、タマという女の子なのだ。それが今日はミニスカートで脚を出している。黒ソックスの向こう脛から膝上二十センチまで、ずっと肌色が続いている。他の女の子と同じ格好になっただけだが――なんだか、ドキリとさせられる。

「もう五月ですよ。寒くないのです。ジャージはもはや――いらん子なのです！」

「イヤ。五月だろうが十二月だろうが、ジャージはねえだろジャージは」

「先輩たち、信じらんないですよ。なんで生足一丁ですか。サムくないんですか？」

「よいか。タマ……」

部長が腕組みをする。目を細めて、重々しい声で――。

「ファッションとはな……。やせ我慢だ！」

部長の言葉に、女子一同――綺羅々さんまで、うんうんとうなずいている。

「はう！　――そーだったのですかっ!?」

タマは驚いた顔をしていた。だがそれも一瞬のことで――。

「じゃあタマはファッションはいいです。やめときます」

あくまでもマイペースなタマであった。

ミニ知識

スカートにジャージ

冬場の流行ファッション。スカートは寒い。とにかく寒い。
よって仕方がない。学校指定のジャージなら校則にも違反していない。
しかし男子的には、スカートにジャージが許されるのは女子中学生まで？

部長のピンチ

着メロが鳴った。

ぐっすり眠りこんでいた京夜は、しばらくなにが起きたのかわからずにいた。

携帯が鳴っているのだとようやく理解できて、のそのそと起き出して——。まずカバンに手を入れて、そこでは見つからなくて、ズボンのポケットでようやく見つける。

「……はい」

目をこすりこすり——、電話に出ると——。

『助けてキョロ！』

「は？　——えっ？　部長？　どうしたんですか——？」

急を告げる部長の尋常でない声色に、一瞬で目が覚めた。

『いま家なんだけど——ああやべっ!?　やつらが——やつらがもうすぐそこにっ！』

「えっ？　えっ？　あの——もしもしっ!?　やつらって!?」

電話は、もう切れていた。

つー、つー、つー、と、音ばかりが聞こえる。

「たっ——大変だっ!?」

京夜はベッドから飛びだした。急いで服を着て準備をする。

色々な考えが頭を飛びかう。

よくないことじゃなければいいのだけど……。

ふと視線を感じて、後ろを振り返ってみた。

ドアが薄く開いて、パジャマ姿の霞が隙間から覗いていた。

「……にーたん？」

眠たげな声で霞は言う。眠いときの霞は、幼い頃の呼びかたを、ついぽろりと出してしまうことがある。

「なんか……、おーごえだしてた？」

「ごめん起こしちゃった？　俺ちょっと出てくるから。オカンには内緒で。心配するといけないから」

ジャケットを引っかけながらそう言う。

「オレってまた言ったぁ……」

ふわわ、と大あくびをする霞の脇を抜けて、京夜は夜の中へと飛びだしていった。

霞にはコンビニにでも出るのだと思ってもらえたようだった。

全力でチャリをこぎまくった。

部長の家まで、十五分フラットの記録を樹立して到着した。

こいでいる間中、不安でならなかった。

なにがあったのか。悪い想像ばかりしてしまう。もし強盗でも押し入っていたりしたら、手遅れになっていたりすることも……。

警察に電話したほうがいいのだろうか……。

でも部長は自分に助けを求めてきたのだし……。

広い家のまえに到着する。

呼び鈴を押している場合でも、そんな時間でもないと思ったので、門の戸をひょいと乗り越えた。

部長の部屋は二階の端にある。

下まで行ってから、部屋の外側のベランダを見上げていると――。

（……おい、キョロ、ここだ）

小さな声が上から響いてきた。ツタに覆われたベランダから、部長が顔を出して手招きしている。

ツタを登ってベランダから入れということらしい。

「なんなんですか部長。これ部活動とかいったら僕怒りますよ」

尖った声を上に向けながらも、京夜は部長の無事な顔を見て、心底、ほっとしていた。

心配していたようなことでなくて、本当によかった。

（しっ、静かにっ――やつらに気づかれる）

部長は小声で言ってくる。事態はいまだ進行中らしい。

とりあえずツタを登ってゆくことにする。

ひどく苦労してベランダまでよじ登った。ぜーはー言って呼吸も整えきらないうちに、はやくはやくと急かされる。

部長の部屋に入れてもらった。上がるのは去年のクリスマス以来――これで二度目だ。

灯りの消えた室内には、物がひどく散らかっていた。服やらオモチャやらガラクタやら、まっすぐ歩けないほどに物が散乱している。さらにはドアのところにテーブルが寄せられていて――開かないように、内側から塞いであるようだった。

すっかり籠城戦の気配であった。いったいなにをやっていたのか。心配するようなことではないとわかってきたが、だからこそ聞いてみる。

「なんなんですか部長。どうしたんですか部長。なんですかこれは。あまり心配させないでくださいよ」

「しっ……静かにっ。やつらに気づかれる」

「やつら?」

「お嬢様。そこに誰かいるんですか」

ドアの向こうから森さんの声が聞こえた。

ミニ知識

森さん

天使家の一切を取り仕切る謎多き女性。年齢不詳。
戦闘力不明（かなり高い）。
天使家の家事と給仕と執務だけでなく、守護もその仕事のうち。
森さん24時間稼働説。森さん複数説。などなど。
数多の伝説があるが、どれもその真偽は不明のまま。

キョロの活躍

「い……、いねーって！　だれもいないってば！」

「いいえ確かに声が聞こえました」

戸の向こうにいる森さんと部長が言いあいをしている。京夜はなにが起きているのかわからずに、部屋のまんなかで、ただ立ち尽くしていた。

「お下がりください。……突破します」

森さんの声が――決意に満ちる。

その瞬間――。どかんと、ドアが内側に吹っ飛んできた。

ドアを蹴り抜いたその足で、森さんは部屋の中に踏みこんできて――。

「曲者っ――!?」

京夜を認めるなり、飛びかかってきた。

声もあげることができなかった。ぐるりと光景が回転した。床の絨毯が顔にぶつかってきて、自分がひっくり返されたのだと理解したときには、すでに絨毯の上に押さえつけられていた。

肩を踏みつけられている。顔にざらりとした絨毯の感触があった。頬の骨が痛みを訴える。

一ミリだって動けない。

腕は曲がらない角度にねじり上げられていた。がっしりと関節を極められている。みしみしと音を立てる肩は――。

「抵抗すれば――。折ります」

森さんの声はあくまでも冷ややかだった。本当にやると思った。

「も……森さんっ、ぼ、ぼくですっ……！　怪しいものじゃないですって！」

そう訴えかけた瞬間、ぱちりと電気が点灯した。

「あれー？　四ノ宮君ですか？」

壁際のスイッチに指を残したまま、恵ちゃんがのんびりした声で言ってくる。

「……四ノ宮様？」

「そうです、そうです！　だから離してください――痛い痛い、折れます折れますっ！」

森さんはすぐに解放してくれた。

「失礼しました。てっきり怪しい者かと……。天使家を守護する者として、侵入者は確認する前に制圧せねばなりませんので……、あの……、本当にお怪我とかはありませんか？」

「いえこちらこそすいません。たしかに怪しかったかもしれません。夜中に忍びこんだりして」

少し慌てたふうな森さんと二人して、ぺこぺこと頭を下げあった。今夜の森さんはメイド姿でなく執事姿で――さっきのこともあって、黒いスーツが戦闘服のように見えてしかたない。

「――お嬢様」

森さんの声が、こそーっと部屋を抜け出していこうとしている部長を呼び止めた。

びくりと立ち止まった部長は、しまったという顔を向けてくる。

「部長。説明してくださいよ部長」

「そうです。お嬢様。四ノ宮様まで巻きこんで……こんな夜中に申しわけありませんでした」

「いえそれはいいんですけど」

「オレマンはー。やっぱり女の子のピンチに駆けつけてくるんですねー」

「いやそれちがうから」

「だって。だってだって。森さんが。メグが。だってだって」

涙ながらに部長が語りはじめたところによれば——。部長は部屋を散らかしすぎて収拾がつかなくなったらしい。恵ちゃんや森さんが見かねて手伝おうとしたのだが、なにが宝物でなにがゴミかを区別できないようで——。大事な物がぽんぽん捨てられてしまった。たしかにセミの抜け殻とか大きなドングリとか、牛乳瓶の紙蓋とか、常人にはゴミにしか見えない。

それで二人をシャットアウトするために、バリケードを築いてドアを封鎖していたそうである。電話で言っていた「たすけて」は、部屋の整理を手伝ってという意味で——。

「今日は甘やかしませんよ。お嬢様。ご自分で整理できないようなら、ぜんぶ捨てて——」

「待ってください。——森さん」

京夜は割って入った。

「いくらゴミにしか見えなくても――いえ実際本当にどこからどこまでゴミであっても、部長にとっては、それは大切なものなんです」

「オレマンがんばってー」

「だから違うから恵ちゃん。――僕も手伝いますから。きちんと分別しますから。燃えるゴミと燃えないゴミと、そうでないゴミみたいな宝物とを、ちゃんと分けて整理しますから。だからお願いです。部長のゴミを捨てないでやってください」

京夜は頭を下げた。正座のまま頭を下げると――土下座っぽくなってしまった。

森さんの反応が返るまで、ずっとその姿勢でいる。

「……ずるいですよ四ノ宮様。……なんだか、私、鬼みたいじゃないですか」

「じゃ――じゃあ！」

京夜は顔を持ちあげた。

「宝物のゴミと、そうでないゴミと――区別の仕方を、私にも、お教えいただけますか？」

森さんは優しい顔になっていた。

「よかったですね、部長！」

「よかったけど……。でも……。だけど……」

すべてがまるく収まったというのに、部長はなぜか浮かない顔だ。

「――ゴミゴミゆうなーっ!!」

誰ですの？
オレマンがんばってー！

勇者オレマンよ。
大魔王森さんを倒した
褒美を取らせよう。
好きな物を選ぶがよい。

①どんぐり
②セミの抜けがら
③世界のはんぶん

あー……。
どれも微妙ですねー。

アイスコーヒーの飲みかた

いつもの放課後。いつもの部室。

紫音さんがマイポットの蓋をぱかりと開ける。

〝恵ちゃん完備〟のこのGJ部では、気づかぬうちにカップが紅い液体で満たされていたりする。だが紫音さんだけは、自前のポットで持ってきたコーヒーを飲んでいることが多い。

なんでも兄兄ズのうちの誰かがコーヒーの天才で、ポットを空にして帰らないと涙が大海を作ってしまうそうだ。

「あ」

紫音さんが短く声をあげる。中身の匂いをしばらく嗅いでから、紫音さんは――。

「これは……、アイスかな?」

見つめる京夜に、紫音さんは顔を向けて言ってきた。

「ああ。最近暖かくなってきましたから……。お兄さんも気を利かしたんじゃないでしょうか」

「だけど困ったな。アイスコーヒーだと。このまま飲むには――」

と言って紫音さんは、カップを指にかけて回してみせる。コーヒー通の紫音さんも、アイスコーヒーはブラックでは飲まないようだ。

「氷入れますよー」

紅茶の用意をしていた恵ちゃんが、お茶の葉を缶に戻しつつ、そう言ってきた。

「せっかくだから、皆でどうだろう」

紫音さんの計らいで、人数分のグラスが用意される。氷で満たされた六つのグラスに黒い液体が注ぎわけられる。

「心して飲めよ。世界一のコーヒーだぞ」

部長がそんなことを言いながら、ストローの袋の端をちぎった。もう一方の端を口にくわえると、ぷう、と吹いて飛ばした。

「あーもう部長。〝ロケットミサイル〟はなしですってば」

京夜は席を立つと、部長が飛ばしたストローの袋を拾いにいった。

「それ！　面白いです！」

「ほらさっそくタマが真似ちゃいましたよ」

タマの飛ばした袋も拾いにゆくはめとなった。

「あーもう部長。〝ゲジゲジ〟もなしですってば」

戻ってくると、部長は皺だらけに縮めたストローの袋に、アイスコーヒーを数滴垂らして、生き物のように伸びる袋を眺めているところであった。

「んだよ。ゲジゲジも禁止かよ。おまえ森さんよか、うるさいな」

ストローをくわえて、部長はようやく飲みだしたかと思いきや――。ぶくぶくぶくとアイスコーヒーを泡立てはじめる。

「あーもう部長。〝ぶくぶく〟はもっと禁止ですよ。お行儀悪いですよ」

部長の飲みかたは、ほんと、個性的っていうか――独特だ。

他のひとはどんな飲みかたをしているのだろう。そう思って皆を見てみると――。

紫音さんはミルクを注いだところでぴたりと固まってしまっている。アイスコーヒーのグラスを横からじいっと見つめている。

「どうしたんですか?」

「うん? ああ――いや。このフラクタル模様を眺めるのが好きでね」

「はい? ふら……ふらくたる?」

「アイスコーヒーにミルクを注ぐと、およそ二・二次元のフラクタル構造が現れるんだ。ほら。横から見てみると、沈み込んでゆくミルクが血管みたいに枝分かれしてゆくのが見えないかな」

「あー見えますねー」

「永遠と無限を感じてしまうね」

天才はやはり常人と見ているものが違う。アイスコーヒーの飲みかたまで違う。

固まっているといえば、恵ちゃんも固まってしまっていた。彼女の場合はミルクではなくて、ガムシロップのピッチャーを持ったところで固まっているわけだが。

「う、う〜ん……、ガムシロ入れるとおいしいんですけど。でも。でもっ。――カロリーがっ」

こちらは天才の深遠なロマンとは違って、女の子の切実な悩みのほうだった。

豪快な飲みかたをしているひともいる。綺羅々さんのほうからは、バリボリと音が聞こえてくる。グラスに入っている氷を、丈夫な歯で、ばりばりと噛み砕いているのだ。

「めぐ。おかわり。」

氷の消えたグラスが差しだされる。アイスコーヒーだけが、たぷたぷと残っている。

「これファミレスのよりもウマいですよ！」

タマはタマで、ストローを使わず（袋はロケットやゲジゲジにして遊んでいたが）、グラスを手で握ってガブ飲みだ。ファミレスと比べられたりガブ飲みされたり、世界一のマイスターコーヒーが色々な意味で泣いている。

みんな本当に飲みかたが違う。一人として同じ飲みかたをするひとはいない。みんな個性的だった。アイスコーヒーの飲みかたひとつで、キャラがわかってしまう。

そして京夜自身の飲みかたはといえば――。

ごく普通に。ガムシロを入れて、ミルクを入れて、ぐるぐるとかき回し、しかるのちにストローでお行儀よく、ちゅうと吸いあげた。

「つまらん！　まったくフツーだ！　普通極まりない！」

なぜだか部長に怒られた。

普通が いちばんですよ

コーヒー
おいしかったですね。

うん。三兄ぃの抽出技術は
凄いよ。水分子の運動さえ
も完全にコントロールして
完璧なる抽出を――。

だめですよ。
だまされませんからね。

缶詰でGO

いつものお昼休み。

弁当を手に、京夜は部室を訪れた。

がらりと戸を開けると、そこにいたのは紫音さん。

綺羅々さんのかわりにソファーに座り、お弁当を広げにかかっている。

「あ。ども」

軽く挨拶だけして、何気なく振る舞って、京夜は丸テーブルのいつもの定位置についた。

紫音さんが広げていたのは、いつもの三段重ねの漆塗りの国宝級の重箱の――兄兄ズの手による愛兄弁当でなくて――。

なんと菓子パンと缶詰。

しかし京夜は驚かなかった。以前にも、こういうことはあったからだ。

「お兄さん、お仕事なんですか？」

「ああ。うん。二兄ぃはいま、アイスランドの火山帯に出かけていてね。火口が開いているいまが、クトゥヴァと接触できる唯一のチャンスでね」

「クトゥヴァってなんですか？」

「火トカゲの一種になるのかな」

なるほど、と、京夜は納得した。しかし料理のマイスターって大変だ。食材を仕入れるためにわざわざアイスランドにまで行くなんて。ていうか。アイスランドってどこだっけ？　どっか北のほう、くらいしかわからない。

一通りの会話が終わったあとで、京夜は口を閉ざした。

紫音さんの「お楽しみ」の邪魔をするつもりはない。

菓子パンと缶詰という昼食を前にして、しかし、紫音さんの顔に残念そうな色はまるでない。それどころか、はじめての「ごちそう」を前にした子供のようにキラキラとした顔だ。

——はじめてなのだろう。菓子パンも。缶詰も。

京夜がなま温かく紫音さんを見守っていると——。

「うーっす」

こんどは部長がやってきた。

菓子パンと缶詰とを見て、目を丸くしている部長に対して——。京夜は、まっすぐに立てた指を口許にあてて、サインを送った。

部長はなにも言わずに自分の席についた。ちんまいお弁当箱を広げて食べはじめる。お重弁当のお裾分けは、今日はなしだ。部長はいつも紫音さんのおかずを目当てにしてやってくる。

「う……ん、っと」

紫音さんがなにか声を洩らした。

そちらに顔を向けると、缶詰を前に、苦戦している紫音さんがいた。缶詰を縦にして、横にして、斜めにして——ためつすがめつ、色々な角度から眺めている。

その顔がどんどんと困ってゆく。

どうやら《一般常識ナイト》の出番らしい。

京夜はおもむろに立ちあがると、ゆったりとした足取りで、紫音さんのもとに向かった。

「開けかた。わからないんですか？」

「あっ。うん。——そうなんだ」

紫音さんの顔が、ぱっと明るくなる。

身の内を駆けあがる〝愉悦〟を覚えつつ、京夜は缶詰を手に取った。

「これはですねぇ——。プルタブで開けるんですよ」

「そ、そういうものなのか。どうやって開封すればいいのか三万通りくらい考えてしまった」

紫音さんの気弱な顔も、頼ってくるその顔も、いまや自分だけのもの。

「そのプルタブを、ですねぇ——」

得意の絶頂にある京夜は、缶の上のプルタブを示そうとした。

だが——、見あたらない。

「あれ？」

裏返しにしてみるが、そこにもない。

「あれ？　あれ？　あれれっ？」

缶をくるくるとひっくり返すが、上にも下にも表にも裏にも、プルタブが存在しないのだ。

「あれー？　あれぇー？　――この缶詰って。ひょっとして、不良品なのかもっ……？」

「そ、そうなのか……？　で、では……、どうすれば……？」

「あ。いや。大丈夫ですよ。お店に言えば換えてくれますよ、きっと」

京夜が紫音さんと二人でうろたえていると――。

「このカワイイ生き物どもめ！　見ちゃいられんモエモエだ！　――こうしてくれる！」

響き渡る声とともに、部長が登場してきた。

高々と差し上げられたその右手に、シャキーンとばかり、なにか道具が握られている。

「これが缶切りだ！　文明のチカラだ！」

「あー！　あー！　あー！　そうです！　そうですよ！　うちにもたしかそんなのありましたよ！　あっでも僕使ったことないんで――怖いから、部長、よろしくお願いします」

部長は缶切りを器用に操って、こきこきこきと、缶を開けてくれた。

紫音さんは「あんパン」と「サバ缶」という、およそ有り得なさそうな取り合わせを、「こんなおいしいものがあったなんて!?」と感動しながら口いっぱいに詰めこんでいた。

今日の紫音さんは「しおんさん」のほうだった。

缶切りでーす

ミニ知識

文明の利器

缶詰の発明は二百年ほど昔に遡る。
だが缶切りの出現は、缶詰の発明からおよそ数十年も経ってから。
それまではナイフを使ってこじ開けていた。缶切りには様々なタイプがある。
日本では主に固定刃式でキコキコ動かして開けるタイプが多い。
だが西欧ではハンドルを回す自動式が普及している。
電動式のフルオート缶切りまである。
もちろん恵はすべてをコレクションしている。

紫音さんの眼鏡

いつもの放課後。いつもの部室。

「紫音ねーさん、眼鏡かけてるですか？」

文庫本を読んでいる紫音さんに、タマがめずらしそうな顔をして問いかける。

「うん？　ああ——。近くのものを見るときはね」

「メガネっ子なのですね」

「そ、それってどうなのかな？　いいことなのかな。悪いことなのかな」

「モエモエですよ」

「そうなのか。すまないね。常識が足りなくて。でモエモエというのはいいほう、悪いほう？」

「視力が良すぎるんですよね。紫音さんは」

タマと紫音さんが二人きりで話していると、なぜだか会話に加わりたくなってしまった京夜であった。二人の会話がラブラブすぎるからかもしれない。

部長とはよく噛みつきあいをしているタマではあるが、紫音さんには、よくなついている。

ちなみにタマは恵ちゃんに対しても別な意味でなついていた。こちらはケーキを作ってくれるからだろう。

そして綺羅々さんに対しては、なんだか怖がっているようである。「肉、肉っ――きっとタマのことお肉だと思ってますよっ！」とか言って距離を取っている。まったく意味不明だ。食べられてしまうとでも思っているのだろうか……？　そんなばかな。

「視力四・〇でしたっけ。目が良すぎると近くのものはよく見えないんですよね」

「そんなことはないよ。私の場合には単に遠視ぎみで。視力四・〇なのはたしかだけど」

間違ってしまった。〝紫音学〟の先輩であろうと振る舞って、失敗してしまった。

「保健室の壁がなけりゃ、もっといってたろ」

部長が言う。部長も親友をタマに取られて嫉妬したりするのだろーか……？

「こんど体育館で測ってもらえよ。二〇とか三〇とかいくんじゃねーのか？」

「いやさすがにそこまでは……」

紫音さんは苦笑していた。

タマは、ほへーと感心した顔になっている。

そのうちに伸ばした手をバタバタとやって、紫音さんになにかを催促しはじめる。

なんだろうと一瞬思ったが、紫音さんが眼鏡を外してタマに渡したので、それだとわかった。

「目――。目がぐるぐるするですよっ」

紫音さんの眼鏡をかけて、タマはよろよろとよろめいている。

「そんなに強くはないはずだけど」

「物がおっきく見えるです！」

外した眼鏡を顔の前に持ってきて、遠ざけたり近づけたりしながら、タマはしきりに感心している。

「遠視の眼鏡は凸レンズだからね。虫眼鏡と同じだね。近視の眼鏡は凹レンズだから、逆の場合には物は小さく見えることになり――」

「そうですよ！　ばーちゃんの眼鏡もこんなんでした！」

「ば、ばーちゃん……？」

披露していた蘊蓄を途中で止めて、紫音さんは嫌な顔をした。

「ぷぷぷぷぷ」

部長が笑う。笑いおえてから、紫音さんに言う。

「紫音ばーちゃま。まー眼鏡が良くお似合いですことー」

部長にからかわれた紫音さんは、平静を装いながら、タマに訂正を求めにいった。

「じ、女子高生に……、ばーちゃまは、ないんじゃないかな？　な、なぁ？　タマ？」

「こーゆーのなんていいましたっけ。ばーちゃんのかけてるメガネ」

「なぁタマ。聞いてはくれまいか」

もちろんタマは聞いちゃいない。そういう子だ。

「あ！　そーです！　老眼鏡でした！」

「ぷぷぷぷぷ」

部長がもうたまんねー、という顔で腹を抱える。

「た——たしかに老眼鏡と遠視矯正眼鏡とは、レンズ自体は同じ凸レンズであるわけだが、だからといって混同してしまうのは、医学的な定義としても、また心情としても正しくないと私は——」

「こーゆーの百均で売ってるですよー。紫音ねーさんも、これ百均で買ったですか?」

「ま、真央。部長の責務を果たしてはくれまいか。笑っているだけなのは、ひ——ひどい」

悪意はないのだろうが、タマの暴走は果てしない。

タマを手に余らせた紫音さんは、部長に訴えかけた。

「老眼鏡かけてる女に言われたかないな。だいたいタマのヤツいつもいつも甘やかしてんの、私じゃねーし」

たしかに部長はタマに対しては常に犬歯制裁である。膝の上に抱っこしたりはしていない。

「あ。紫音ねーさんごめんなさい。返すです。ありがとうです。——老、老眼鏡」

タマから眼鏡を受け取った紫音さんは、なぜか京夜に顔を向けて——。

「し——信じてくれキョロ君! これは老眼鏡じゃないんだ! 私は本当に遠視なんだ!」

紫音さんはなんだか必死だった。

いえわかっていますとも。

眼鏡モエでーす

ミニ知識

モエモエ

センパイの寝顔。紫音ねーさんの眼鏡っコ。神様シェフのケーキのトッピングで描いた動物さんシリーズ。紫音ねーさんとこの報われない兄兄ズ。背伸びの霞たん。まーちゃん。（小学生ぶりっこモードに限る）。骨箱に骨しまってるキララっち。キララっちのところにたまに遊びにくる猫。ねこっ！　ねこーっ！　ねこおおお！　にゃあああああぁーっ！

週はじめ

「週はじめ、っていったら、何曜日かね?」

いつもの放課後。いつもの部室。

部長がいつものように、変なことを、ぽつりとつぶやいた。

「——日曜からじゃないんですか?」

京夜は読んでいた漫画雑誌から目をあげて、部長に顔を向けた。

「でも日曜ってサ——いちばん終わりって感じがしねぇ?　だってお休みの日なんだぞ?」

「ですけどカレンダーだと——」

と、京夜は部室の壁に掛かっているカレンダーを見上げた。

「——ほら。日曜日から始まってるじゃないですか。だから日曜が週はじめですよ、きっと」

「いいや!　お休みの日が最初に来るなんて、ぜってー変だね!　ありえないね!」

「じゃ週はじめは、月曜でいいです」

そう言って京夜は、漫画雑誌に顔を戻した。

「かまえよ!」

「痛い。痛い。痛いです部長。——せめて噛むのは警告してからにしてください」

雑誌を閉じてテーブルの上に置いた。椅子も部長のほうに向ける。対談の姿勢を取る。

手についた歯形を京夜は撫でる。部長はハンカチで口許を拭う。

咳払いを一つ、部長が対談を開始する。

「たとえば日曜日に――だぜ。『今週ってさぁ』とか話題が出たとするよ？」

「はぁ」

「そしたらおまえ、どっちの週のハナシをしていると思う？　おまえの『日曜日は週はじめ仮説』によれば、当然、これから始まる週の話をしているコトになるわけだが。なんか変でね？」

「あー……。ふむふむ」

「あと〝週末〟っつーたら、どこまでが週末になるんだ？　金曜、土曜……そしたら日曜は？」

「あー……。そうか。日曜も〝週末〟っていうかもしんないですねー」

「ほうらミロ！」

部長は胸を張った。髪の毛の先端まで得意げになって、大いばりとなる。

「不思議だろ。ほうら！」

「そうですね」

京夜は同意を示した。

「普通はそんなこと気にしませんよ。すごいです。さすが部長です」

「だろ？　だろ？」

部長はうんうんとうなずいている。

「じゃあそういうことで」

京夜は漫画雑誌に戻った。

「かまえよ！」

「冗談……冗談ですって！　痛い痛い痛いです部長！　うわマジ痛い。足が足が足がっ――」

ふくらはぎにくっきりと歯形が残った。スルーすると部長があまりにカワイイので、ふざけたら――。たいへん痛い目を見ることになってしまった。

「おまえのこと。ちょっとキライになった」

「みんなはどっちだと思います？　――週はじめって、何曜日ですか？」

部長にかわって、京夜は皆に訊いてみた。皆の視線はとっくに集まっている。

「月曜と木曜が週はじめですよ」

タマはそう言ってきた。恵ちゃんの「ケーキの日」は月木だ。

「うーん……、うーん……。日曜日が、やっぱり週はじめですかねえ」

恵ちゃんは日曜開始派のようだった。

「お休みの日に、いろいろと仕込んで準備しますから……」

どうもケーキの仕込みとか、そういう実務的な話のようであった。

「にちようびは。くようのひ。」

綺羅々さんの話はいまひとつよくわからない。たぶん、毎週末に、その週のぶんの〝骨〟を埋めるということを言っているに違いない。

最後の一人――紫音さんの蘊蓄の登場を待つ。

「週という単位の期限は古代バビロニアで始まったといわれているね。そしてまた曜日という概念は古代エジプト時代にまで遡れるらしい。日曜日が休日となったのは世界的にはキリスト教が浸透してからだけど、農耕文化である日本にはもともと農閑期以外に休む慣習はなく、曜日というものが定着してきたのは、ようやく明治になってからのことだね」

「んで――どっちなんだよ？　日曜日は週はじめなのか週末なのか？」

部長がじれったそうにそう訊いた。

「週の労働時間を決める労働基準法では、日曜に始まり土曜までを一週とするとある。そしてまた日付の表記法を定めた国際規格であるＩＳＯ８６０１では、月曜が週はじめとある。ということで、つまり――」

「つまり？」

「どっちでもいい、ということだね」

「だから僕そう言ったじゃないですかー」

「言ってない！　おまえはぜったい言ってない！」

今日のＧＪ部は、「週はじめ曜日問題検討委員会」だった。

このカレンダーは
間違っている！
3 March

CHARACTER PROFILE

キャラクター・プロフィール
【神様シェフ かみさましぇふ】②

天使恵はタマから“神様シェフ”と呼ばれている。ちなみにケーキを作るのは「パティシエ」であって「シェフ」ではないが、誰もそこには突っこまない。人それを武士の情けと云う。毎週ケーキを作りつづけて、恵の腕前はどんどん上がっている。

グルーミングの刑

「判決。被告をグルーミングの刑に処す」

「はい？」

いつもの放課後。いつもの部室。

部長が突然なんの前置きもなく、変なことを言いだした。

「なんですか？　僕なんかやっちゃったんですか？　――それでなんの刑でしたっけ？」

「おまえじゃねーよ」

ついと、部長があごを向けたのは――。

「わたし……、ですか？」

お茶を淹れる手を止めて、恵ちゃんが小首を傾げている。

「おまえ、前に言ったじゃん。キョロのやつにブラッシングされてみたいって」

「そうでしたっけ？」

「私がキョロ君にブラッシングされたときだね」

完全記憶の持ち主が補足する。紫音さんの記憶はいつも確実で完全だ。

「こんど恵君もしてもらってはどうかと提案したら――」

「あー、そうですそうです！　言いましたー。言いましたー」

恵ちゃんは計りかけの茶葉を缶に戻して、ケトルの火を止めて、とことことこ——と、丸テーブルへとやってきた。

椅子を引き寄せ、ちょこんとお尻をのせる。

「じゃグルーミングの刑でぇー。お願いしまーす」

「ふふふ。わかってないなこの天上界の生物めが」

「ふふふ。時間の問題だよ真央。いずれ恵君も、この刑罰がいかに恐ろしいものであるか、その身をもって知ることになる」

黒部長と黒紫音さんとが、二人でほくそ笑んでいる。

「あのー。僕的には、いくつか質問があるのですがー」

「却下」

「まずなんでこれが刑罰なんです？」

「それには答えてやろう。いつも家でわたしを虐待することに対する刑罰だ」

「なんの刑かはわかってますのでブラッシングがなぜ刑罰になるのかを説明お願いします」

「それは却下。乙女の機密」

「あと僕に選択権とか呼ばれるものはあるのでしょうかー？」

「当然却下」

部長はにべもない。

はあ、と、ため息をついて、京夜は引き出しを開けにいった。たしかそのへんに女の子用のブラシの一、二本――。

ブラシを手に戻ってくると、恵ちゃんはちょうど髪留めを外したところだった。

「わたし。ほどくと長いんですよー」

ふぁさ、っと……。

量のある髪の毛が、肩をすっぽりと覆い尽くす。

ほー。へー。はー。

髪を下ろした恵ちゃんは、まったく違う女の子に見える。ちょっと感動。

その髪を一房手に取って――ブラシを入れてゆく。前に彼女自身に教えられた通りに、手ぐしを使ってほぐしてみたり、頭皮から毛先までブラシを通してみたり。

「う……、うんっ……」

恵ちゃんが咳払いをした。

「あ。ごめん。痛かった？　どこか引っかかった？」

「いえ……、そうじゃ……、ないんですけどぉ」

なんとも歯切れの悪い返事が返ってくる。

わからないことは気にしないことにして、ブラッシングに集中する。

恵ちゃんの髪の毛は、わりと猫っ毛。細くて柔らかくて、頼りない。部長とも紫音さんとも違うその手ざわりに、一人一人違うんだ、などと感心していると——。

「はうう〜」

恵ちゃんがまたなんか変な声をあげる。弱ったような、困ったような、そんな声だった。

「なに？」

「い、いえっ……、な、なんでも……っ、あっ……。ふわんっ」

人に髪をいじられることが気になるのだろーか？　恵ちゃんはふるふると身を震わせている。

「くくくくっ。天使も墜ちたな。メグもようやくこの刑罰の恐ろしさがわかったようだぞ」

「ふふふふっ。ブラッシングを勧めた者には勧められることによる罰を。ハンムラビ法典にも同害報復の概念が記されている」

黒部長と黒紫音さんとが、なんか言っていた。

京夜はブラッシングを続けた。これがなんで罰になるのが、やっぱりまったくわからない。

「はい。おしまい」

「はうう……」

最後に一回、ブラシを通すと、恵ちゃんは、くたっと椅子にくずおれた。

空になった皆のカップが紅い液体で満たされたのは、ぐったりとしていた恵ちゃんが復活してからで——。具体的には三十分も経ってからのことだった。

どだった？
恐ろしかったろ？

ふふふ。恵君にも
わかったことだろう。

おそろしかったって
いうかぁ。……なんだか、
はずかしかったですぅ。

よし！
天使が恥を覚えたっ！

卑怯なり

いつもの放課後。いつもの部室。

部室にいる人間は去年よりも一人多くなったが、木造校舎の一室は広いことが取り柄で、一人増えた程度では狭く感じたりはしない。

京夜はいつものように丸テーブルで本を読んでいた。火曜日の今日は漫画雑誌も出ないから、小説をじっくりゆっくりと読んでいる。新しく攻略をはじめたライトノベルのシリーズを、現在五巻まで読破中だった。

左隣には紫音さん。そして右隣にはタマがいる。

紫音さんは小説ではない文庫本を開いている。たぶん詩集。学術書だと十ページにつき一秒ずつしか掛けない紫音さんだが、小説と詩集の文学作品には、人並み以上に時間をかけて読書をする。紫音さんいわく、人の感情について描かれたものが、もっとも脳のリソースを必要とするのだそうだ。登場人物の一挙手一投足に対して、数万通りもの解釈をしたうえで読んでいるのだそうだけど――。天才の頭の中で動いていることは、凡人である京夜には、まったくぜんぜん想像もつかない。

タマは最近よく部室で時間を過ごしている。

今日は火曜日で、ケーキの日ではないが、昨日発売の男の子向け漫画雑誌を一日遅れで読んでいたりする。タマが京夜の隣にきているのは、「懐いている」とかべつにそんなカワイイ理由でなくて、もっと現実的なものだろう。

ばりぼりと音が響いてくる。京夜のポテチがどんどんと減ってゆく。

人のポテチの袋に手を突っこんで、勝手に食べているのだった。くださいと言われた覚えもないし、いいと言った覚えもないのだけど、なんでか、あたりまえのような顔で勝手に手を突っこんできている。

ま。いいんだけど。くれって言われたらもちろんあげるけど。だからそこんとこをタマ的に省略したのかもしれないけど。

「センパイ。なくなっちゃいましたよ」

「あ。――うん」

タマに催促されて、京夜は次の袋を開けにかかる。

なんだかタマが来てからというもの、お菓子代の出費が倍増している気がしてならない。

「おまえ。んなポテチばっか食ってっと、ぶくぶく太るぞ。ポテチはカロリー高いんだぞ」

部長がポッキーを短くしながらそう言った。チョコレートもカロリーはかなりのものだと思うけど。

「ポテトチップスの可食重量のうち三十五パーセントが脂質であるわけだからね。そして脂質とは食品のうちで最もカロリーの高いものなんだ」

例によって博識ぶりを披露するのは紫音さん。そして耳をふさいで聞かないふりをしているのは恵ちゃん。

紫音さんは苦笑しながら、話を続けた。

「……だけど脂質はおいしいものだね。人はよく〝脂がのった〟という表現をするけれど。人間の味覚というものは、人類が常に飢餓状態であった原始時代から進化してきていないものだから、すぐに消化できるものや、カロリーの高いものを美味しいと感じるように調節されているんだ。たとえば甘味とは炭水化物――すなわち糖質のことであるし。また人間が美味と感じるものは、たいてい脂質であることが多い。たとえばフランス料理にはクリームが多用されるけど、クリームとはすなわち乳脂肪のことであるし。また日本の食文化では、脂肪が有り難がられているね。鮪のトロしかり、霜降り牛しかり。牛肉の等級というものは主に霜降りの度合いで決められているんだ。つまり我々人類は、脂肪分が大好物だということだね」

天才の紫音さんの蘊蓄は勉強になるけれど、なんでか、いつも人類スケールの話になる。

恵ちゃんは耳をふさいでひたすら首を横に振っているが、それでも話を続ける紫音さんは、きっと楽しんでやっているに違いない。

「だけどポテチの三分の一が油だったんですね。知りませんでした。じゃあポテチをばりばり食べていると、油をごくごくと飲みほしているようなものだったんですね……」

京夜はそう言った。恵ちゃんは耳をふさいでイヤイヤをしている。ついに床にしゃがみこんで背中を向けてしまった。わざわざ口で言っちゃう自分も、ひょっとしたら紫音さんと同じで、楽しんじゃっているのかもしれない。天上界の生物が困るところなんて滅多に見れないし。

タマは気にせず新しい袋に手を突っこんで、ばりばりと食べていた。

「──だそうだ。ポテチばっか食べてると、太っちまうぞー。減らすの大変だぞー」

「部長のほうこそ」

と、タマはそちらを見ずに、ぽそりと言い返した。

「チョコばっか食べてると太るんじゃないですか」

「わたしは縦に伸びるからいーんだ」

「夜眠れなくなるですよ。寂しくて夜中にぴーぴー泣かんでください」

「それもいーんだ。誰かさんが退屈しのぎにつきあってくれるから」

「タマだって、いーんですよ」

人のポテチを大胆に口へと運びながら、タマは言った。

「──いくら食べても太らない体質なもんで」

「卑怯なっ！」

恵ちゃんが不意に叫んだ。

天上界の生物が怒るところを、京夜は、いま初めて目撃したのだった。

クリームいっぱいで
肥えてもらいますー！
望むところですが

ミニ知識

部室のおやつ

恵の紅茶とケーキは無料。その他のおやつは自腹。部長はポッキー派。
京夜はポテチ派。キララはいつでもどこでもお肉。
紫音は勧められなければ自分からは口にしない（カロリーを気にしている？）。
タマはひとのもんならなんでも好物。勝手にバリボリ気兼ねなく食べる。

猫対決

いつもの放課後。いつもの部室。

「なあ――」

部長がぽつりとつぶやいた。

リリアンを手にしてうつむいて、せっせと糸をぐらせながら、部長は〝紐〟を量産しているところだった。

このあいだ皆で「もんじゃ焼き」を食べに駄菓子屋レストランに行ったとき、オモチャやお菓子をたくさん買いこんできた。そのときにゲットしたオモチャのひとつ。おもに女の子向き。〝紐〟を編むことのできる、ちっちゃな道具である。

「ほいできた。これキョロのぶんな」

「ありがとうございます」

「つぎタマのやつな。作ってやるから待ってろ。な」

「そんなモンいらんですよ。ぜんぜん待ってなんかいないですよ」

「そう言うなって。グラデーションも付けてやるから。ケータイに付けとけ」

紐を編むのはいいのだが、使い道に困る。部長からもらった携帯ストラップは、京夜はもう三本目だった。そのうち携帯よりもストラップのほうが重たくなってしまいそうだ。

「――で、なんでしょう？」

数分も前の話を京夜は訊き返した。いちばん最初に部長が「なあ――」と言ってきたあれだ。

「なにー？　センパイ？」

「いやタマに言ったんじゃないから」

GJ部式のやりとりにまだ慣れていないタマが、自分に言われたのだと勘違いしている。

このGJ部のゆるゆるとした時間のなかでは、数分も離れた時間軸と会話が成立してしまう。

「――どっちのが猫っぽいと思う？」

と、部長は数分前の続きを言った。

「猫ですか？」

「あいつ。前から猫っぽいなーと思っていたんだけど。でも考えてみたら、アイツのほうも猫っぽくなくなくね？」

「あー、そうです、そうですー！　わたしも前からそう思ってましたー」

恵ちゃんが参戦してくる。

「ふむ。それは難題」

紫音さんも話題に入ってきた。さくさくさくと、マウスで数手分をクリックして、「チェックメイト」とつぶやいてから、パソコン席を離れて丸テーブルのほうにやってくる。

あいつとアイツが誰と誰のことを指しているのが、京夜には察しがついていた。

会話に参加していない二名だ。

「さて今日の議題だ。『あいつとアイツ、どっちが猫っぽいか討論委員会』っつーことで」

部長が議長をやるらしい。

「ええと。じゃあ僕から。アイツっていうかTのほうですけど。なにかやっていると邪魔しにきやがりますよね。新聞読んでると乗っかってきたり。猫ってたしかそんなんじゃないですか？　うち飼ってませんけど」

「あいつのほうだけど。ああKのやつな。びっくりすると部屋の隅に駆けこむよな。暗がりから、じーっと様子窺ってくんの」

「わたしはですねえ。Tちゃんが驚いたとき〝にゃっ!?〟って言ったの聞いたことありますー」

「おお。猫っぽいぞ猫っぽいぞ」

「あとKさんなんですが。はじめて部室に来た物とか人とか、かならずにおい嗅ぎにいきますけど。あれってなんなんでしょうか？　チェックしてるんでしょうか」

「嗅覚の鋭い動物は、現実認識をまず嗅覚で行うものらしいね」

「って、すでに動物扱いですか」

さらりとひどいことを言っている紫音さんにすかさず突っこむ。

「はいはい。わたしKさんのほうでまたひとつ見つけましたので報告でぇす。ごはん食べていながらも、耳だけこっち向けてることとか、ありますよねー」

「恵ちゃん。あれ耳じゃないと思う」

そう言いつつ、京夜はちょっとだけ振り向いてみた。

ソファーの綺羅々さんを、ちらりと見やる。

いつものように、もくもくと食事中の綺羅々さん。その耳のように見える癖っ毛だけが、こちらに向いていて……ぴくぴくと動いている。

かたや、タマのほうはといえば――。

かふ――と、大きなあくびをしていた。こしこしと前脚で――じゃなくて、右手で眉毛を擦っていた。首の後ろから顔に向けて、くるりんと手を回す。

こんな間近で噂話をしているというのに、まったく気にしたふうがない。

綺羅々さんのほうは、無関心を装ってはいるが……。興味津々といったようすだ。

「Tのほうは我関せずだな。まさしく猫だな。――よし評決をとっぞ」

部長の声で、各自、手を挙げていく。

『どっちが猫っぽいか討論委員会』の結論は――。

タマ(T)のほうがダントツで四票すべて獲得だった。

綺羅々さん(K)のほうは、ネコ科はネコ科だけど、猫とは違う、もっと大きなナニカであろう――ということで、満場一致の結論をみた。

にゃー。にゃー。
なーご。なーご。

るるる。るるるぅ。
るるっ。がーお。

おまえら
人間語しゃべれっつーの。

野菜の日

いつもの放課後。いつもの部室。

開け放たれた窓から、五月の気持ちいい風が吹きこんでくる。

ゴールデンウィークも過ぎ去って、中間試験がもうすぐそこに迫ってきていた。

部室の丸テーブルにノートを広げ、京夜はせっせと勉強に励んでいた。

しかし勉強しているのは京夜一人だけ。

勉強の必要のない天才の紫音さんはともかく。部長は漫画雑誌を読んでいるし。タマはその部長の漫画を待って、早く読みやがれですよと言っているし。恵ちゃんはお茶の準備をしているし――。

そして綺羅々さんも、ソファーでもくもくと〝食事中〟だった。

ただし今日はいつもと様子が違う。

いつも綺羅々さんが食べているのは〝お肉〟である。ビニール袋をぱんぱんに膨らませる量を持ってきて、帰る頃には袋はすっかりぺしゃんこだ。肉の種類は日々変わる。なんの肉かも判然としないことが多い。でも何週間かするとぐるりと一周して、見慣れた鶏の足とかに戻ってきたりする。

そんな綺羅々さんが、本日、食べているのは、あれはどう見ても――。

「野菜ですよね？」

隣に座る部長に、そう訊いた。

返事してもらえない。部長は無言でページをめくりつづけている。

そのまま流そうかと思った京夜だが、気になって気になって――つい綺羅々さんのほうを、ちらちらと見てしまう。

白いビニール袋に手を入れて、取りだしてきたのはオレンジ色をした――ニンジンだ。

ちょっと透けた袋の中には、カブとかピーマンとかも見えている。

「これは。にんじんの。おにく……。」

まるで自分に言い聞かせるかのように、そうつぶやいて、綺羅々さんはニンジンにがぶりと嚙みついた。生のままぼりぼりと齧っていって、ごっくん、と呑みこむ。

そうして、苦い薬でも飲み終えたような顔をする。

そして綺羅々さんは、次の野菜をまた袋から取りだして――。

「これは。かぶの。おにく。」

自分に言い聞かせて。がぶりとやって。そしてまた苦い顔をする。以後エンドレス。

「ねー。紫音さん」

京夜は紫音さんに問いかけた。

パソコンに向かってチェスのネット対戦に打ちこむ紫音さんの背中は——だがしかし、なにも答えてはくれない。

「恵ちゃ～ん」

「はーい。お茶もうすぐでーす」

恵ちゃんに聞いても、微妙にはぐらかされた返事が戻るばかりだ。

「タマ——」

「うるさいです」

タマに声をかけようとしたら、いきなり叱られた。去年の今頃、部長と京夜が熱中していた狩りゲーに、タマはいま一年遅れでハマっているところだ。

「……よいしょっと」

しかたなく京夜は、席を立った。綺羅々さんのソファーに歩いてゆく。

「あ。ども」

座る場所をずらしてくれた綺羅々さんの隣に、ちょこんと座り——しばらく食事を眺めていたが、やがて意を決して、綺羅々さんに問いかけた。

「ねえキララ。なんで野菜食べているんですか?」

そう訊いた瞬間——。

「すげえ！　訊いたよ！　訊きやがったよ！　私らがあえて訊かないでいたのに、コイツ訊きやがったよ！　なんと空気を読まないヤツだ！　ＫＹだ！」

「いや――彼の場合には、あえて空気を読まないのだと、私はそう考える。それは彼流の優しさなのではあるま――」

「ＡＫＹかッ！　あえて・空気・読まねー、だなっ！」

部長と紫音さんとが、なんか言っている。勝手に言っていてもらうことにする。

京夜に声を掛けられて――綺羅々さんは、その顔を上げてきた。

心細そうな顔を京夜に向ける。ふだん見せない弱った顔に、ずぎゅーんと、胸が痛くなる。

「じる。いった。やさい。たべないと。だめ。」

「ジェラルディンちゃんでしたっけ。妹さんですね。叱られちゃったんですか？」

「こわかった。」

「しっかりした妹さんなんですね」

そういえばカナダから飛行機に乗って一人で来たのだった。小学六年生の年齢なのに、しっかりとしたものだ。今年中学一年だとすると、霞と同じだなぁ――などと京夜が考えていると。

「きょろ。」

弱った顔の綺羅々さんがこちらを向いていた。野菜をぐーと突きだしてくる。

「やさい。たべないと。だめ。」

京夜は綺羅々さんを手伝って、生野菜を食べた。食べまくった。それこそもうバリバリと。

CHARACTER PROFILE

キャラクター・プロフィール

【肉食系女子にくしょくけいじょし】❷

キララが大好きなのはお肉。だけどジェラルディンが怒る。「だめです姉さま！お肉ばかり食べてると体に悪いです！」と英語でまくしたててくる。近所の青果店で作ってもらったお野菜詰め合わせを持たされた。せめて果物にして欲しかった。でも妹想いのキララはがんばった。キョロも半分がんばった。

さらばコタツ様

五月に入ってしばらく経ったある日のこと——。

「めずらしいですね。部長。今日はコタツですか」

京夜は声をかけた。出しっぱなしになっていたコタツに、部長がちょこんとハマっている。

「ん。いいかげん、しまわないとならないからな。いまお別れをしているところだ」

部長はなんかマジメな顔。コタツの中で正座をしている。

「しまってしまうのか……」

紫音さんがパソコン席からコタツに飛んできて、一面を占めた。

対戦の途中で放り出された世界統一王者さんが、なんかメッセージを明滅させている。

「ってシイ。おまーだって、最近ぜんぜん入ってないじゃんか」

「いや。だってその……。最近……、暖かいから」

「んじゃいつまで出しとく気だ？　夏までか？　扇風機かけながら、コタツ入るのか？」

「ガマン大会ですよ。それじゃ」

京夜もコタツのところに行った。座っている部長に話しかける。

「いいな。それやろ。真夏のイッちゃん暑いときに」

あーそれはＧＪ部的ですねえ、とか思って京夜がうなずいていると、部屋の隅で、タマがげっそりと嫌そうな顔を向けてきていた。

「こたつ。おしまい？」

コタツのところで立ち話をしていると、綺羅々さんも肉を置き去りにしてやってきた。一面にすっぽりとはまりこむ。綺羅々さんもコタツ大好き種族である。

「あらゆる物事には始まりがあり、終わりがくるものなのだ。だからこそ輝けるものなのだ」

「それって先代部長の言葉ですか」

京夜は訊いた。

先代部長の話を自分からするのは初めてだ。前よりも気にならなくなってきていた。

「ん。まーな」

得意げな部長の顔を見ても、胸はそんなに痛くない。

「先代部長ってなんですか？　このイキモノって生まれたときから部長なんじゃないんすか？」

タマが言う。あれは憎まれ口を叩いてるわけではなくて、普通に喋っているつもりなのだ。

そして案の定、部長にがぶがぶと噛まれている。

タマも負けじと噛みつき返す。今年の新入部員のタマも、どんどん〝ＧＪ部式〟に馴染んできているようだった。

「せっかくだから、みんなでコタツ入ろ。おーい、メグ、早くお茶淹れてこっちこーい」

「はーい」

「しかしですね。部長」

部長の提案に京夜は口をはさんだ。

「五人の時のポジションは決まってますけど、今年はタマもいるんで、六人なんですけど」

「ふむ。そうか」

部長は腕組みをした。長考に入る。

「この中で真央の次に小さいのは彼女なわけだね。だから彼女が誰かの膝の上に来ればいいのではなかろうか」

部長の回答を待たずして、紫音さんが言う。

「じゃあタマちゃん、私のとこに来て来てでーす」

恵ちゃんがお茶セットを運んできて、ぴょんとコタツの一面を占める。

「きらら。おおきいよ。」

綺羅々さんも、なにかアピールしている。

「ずー――ずるい。みんなっ。言ったのは私でー――」

紫音さんでないほうの〝しおんさん〟が駄々をこねていた。だったら「誰かの膝の上」なんて言わないで「自分の膝の上」とか言えばいいのに。

「ああ。妹っていいなぁ」

結局タマは〝しおんさん〟のところに引き取られた。

「あんま、さわんないでくださいよ」

頭を撫でられているタマは、居心地悪げにじっと身を固めていた。〝かわいがり〟の激しさに困った顔だ。

「ほらキョロ。おまえもこいこい」

一人立っている京夜は、部長に呼ばれた。

部長がお尻を二十センチばかり浮かせて「膝の上」の構えに入る。

照れていることを意識しないようにしながら、京夜は部長を膝の上に置いた。

「おまえんとこの椅子は。なんだ。頭撫でてくるだけか」

コタツ様越しに、部長がタマと張りあいはじめる。

「うちの椅子はブラッシング機能付きだぞ。毛づくろいもしてくるんだぞ」

「むむのむ。紫音ねーさん。あんなこと言ってやがるですよ?」

「うん。じゃあこっちもブラッシングしてみようか」

「あうう。墓穴掘ったです。あう〜、ほっ――ほどかないでくださいよう」

髪をいじられて、タマはくすぐったそうに首をすくめる。京夜も部長のブラッシングをさせられるはめになった。

コタツ様に皆ではまりこんで、最後の団らんを楽しんだ一日だった。

ミニ知識

新コタツのポジション

タマが入って六人となったGJ部。しかしコタツは四面しかない。
部長は京夜の膝の上。そしてタマはほかの誰かの膝の上。
紫音、キララ、恵の三人で争奪戦。こっちの水は甘いぞ。とやって奪いあい。

駅前ロータリー

とある創立記念日の、その朝――。

早朝の静かな街を京夜は歩いていた。

いつもより二時間は早い街並みは、シャッターの閉じている率が、いつもと微妙に違っている気がする。いつもと違う街に見えてしまって仕方がない。

六月も近いとはいえ、早朝はまだちょっと肌寒かった。だがその冷たい風が、心地よく感じられる。

今日は創立記念日で、ガッコは休みだが、部活動のある日だった。部長の発案によって、ガッコが休みのときでないとできない〝部活動〟を行うことになっていた。

待ち合わせ場所はガッコ近くの駅。その駅前。

そして待ち合わせ時間は早朝の四時――なのだが。それは〝GJ部時間〟でのこと。世間一般の基準でいえば午前六時ということになる。

それでも充分に早いけど。

なんでそんなに早い時間に集合しなければならないのかといえば――。

今日の部活動が。「電車でGO」だからだ。

満員電車なるものに乗ってみようと、部長が言った。部長の思いつきの九十五パーセントは実行に移されないまま忘れ去られるが、これはすんなりと決定した。

紫音さんはいうに及ばず、恵ちゃんも、綺羅々さんもタマも、そして京夜も――都会の朝の満員電車というものに、乗ったことがなかった。

いっぺん乗ってみたい。

たぶん、そーゆーのが〝GJ部魂〟のはず。

駅前ロータリーに到着する。時計を見あげると、六時の数分前――。

うん。間に合った。

「あー……！　あー、よかったー！　センパイ来たですよう〜！」

そんな声に顔を向けると――。

自販機の前にしゃがみこむタマがいた。「ホットおしるこ」を両手で抱きしめるように持っていたタマは、京夜を見かけると、缶を路上に置き去りにして、まっしぐらに駆け寄ってきた。

飼い主を見つけたイヌかネコのような勢いで飛びついてくる。

「センパイひどいですよう！　遅いですよう！」

今日のタマは弱気モードのほうだった。カワイイほうだ。

「遅くないよ。ほら五分前だし。ぜんぜんセーフだよ」

首からぶら下がってるタマに、京夜は言った。

五分前行動をしているのに、なんで叱られるのか――じぇんじぇんわからない。

「大遅刻ですよ！　待ち合わせは四時って、センパイは確かにそう言いやがりました！」

「いやそれ言ったの僕じゃなくて部長だけど」

「時間、間違えたのかと思って心配したですよ！　だけどみんなに電話しようにも、番号入れてないし、メアドもないし――あ！　センパイ番号教えやがれです！」

「あー。そうだね」

携帯を付き合わせて、アドレスを赤外線で交換する。まえに教えようかと言ったときに「そんなもんいらんですよ」と断ってきたのは強気モードのほうのタマだけど。

「これでセンパイたちが次に遅刻しやがったときにも安心です。だけど遅いですね。噛みつきハムスターとか。人間様を二時間も待たせるなんて愛玩動物失格ですね」

「あれ？」

京夜は首を傾げた。タマの言う「二時間待った」というところに、なんだか既視感が――。

「あー！　あー！　……そうか！　タマ知らないんだっけ。GJ部時間」

「なんですかGJ部時間って？」

「いやあのね。待ち合わせの時間があったらね、そこに前後二時間ずつの幅を持たせるのが、ゆったりと流れるGJ部時間というもので――」

「なんですかそのマイルールはッ！　アバウトすぎるのにもほどがありますよ！」

「いやあ。伝統だし」

「どんな伝統ですか！」

　このやりとり、去年の夏休みに自分もやったなぁ――と思いながら、京夜はタマをなだめた。気持ちはわかる。去年自分も、そう思ったわけだし――。

「着きましたー」

「おー、二分前、セーフ！」

　恵ちゃんと部長がやってくる。

「ぜんぜんセーフじゃないですよ！　大遅刻ですよ！」

　タマは噛みつきにいった。文字通りの意味で、がじがじと部長に噛みつき攻撃に出ている。部長も「元祖噛みつき攻撃」で返している。

　そのあと紫音さんが時間ぴったりにやってきた。そして綺羅々さんが、一番最後に現れた。

「あー。キララー、遅刻ですー。一分遅刻ですー」

「罰ぁーっ金んっ♪　罰ーっきんっ♪」

　恵ちゃんが去年もやったように指を差して、部長が小学生的にはしゃぐ。

「ろくじの。においは。むずかしい。」

「このひとたち。もうだめっすね」

　呆れてもう噛みつく気もなくなったタマが、そう言った。

つっ

ミニ知識

GJ部時間

世の中と違う流れになっているのが「GJ部時間」。ニュアンス的には「だいたい○時」とかいう感じ。プラスマイナス二時間が許容範囲。

改札口

「さ――行くぞ」

歯形のついた腕をさすりながら、部長がそう言った。

タマのほうには部長の歯形が三倍くらいついている。この勝負は三年生の貫禄勝ちというところだろう。

部長が先頭で、一列になって改札に向かう。律儀にカードを出して改札にタッチしたり、携帯をかざしたり、ものぐさなタマはお財布ごと載せにいったり。

ピッ、ピッ、ピッ、ピッと皆の音が続く。全員つつがなく通り抜けたと思って、京夜が安心した、その瞬間――。

キンコーンと音が鳴り渡った。

振り返ってみれば――。

困った顔で立ち尽くしているのは、やっぱりというか当然というか、紫音さんだった。

通せんぼしてくる左右の羽と、京夜の顔を交互に見くらべて――なぜか口許に浮かんでいるのは半笑い。

人間、困ったことが起きたときには、へらへらと笑ってしまうものである。

ああ紫音さんも人間だったんだなと──感慨に浸っている場合ではない。

キンコンキンコンと音は鳴り続けた。朝の六時とはいえ、さすがに人目を引いてしまう。

「どうしたんですか?」

紫音さんの《一般常識ナイト》として京夜は馳せ参じた。

「いやあの……、なんだかこの自動改札機……、怒っているみたいで」

「そんなはずないですよ」

京夜は笑った。

「いちど下がって。──はい。もういっぺん通ってみてください」

音もランプも消えて静かになった改札機に、紫音さんがおずおずと足を進める。

しかしまたしてもキンコンキンコンと音は鳴った。

「やっぱり……。嫌われているみたいなんだけど」

「いやいやいや。そんなわけないですって。でもおかしいな……?　なんでだろ?」

「いったいどうしたというのかね?　このカワイイ生き物は」

部長がとことことやってきた。にやにや笑うその顔は、いかにも楽しげだ。

「電車の乗りかたはマスターしたんじゃないのか?　死角なし──じゃなかったのか?」

「皆のすることをよく観察して……、同じようにしたのだけれど。切符もなにも持たずに、堂々と前を見て通過する」

あれ？　——と京夜は思った。

「切符じゃないけどカードは持ってますよ」

先に行っていたタマたちも戻ってくる。改札のこちらと向こうに分かれて話をする。

「紫音さん。こういうのですー」

恵ちゃんの手に、ひらひらとカードが振られている。

「タマのはこれ地下鉄のですけど、でもバスも電車も乗れるですよ」

ぱっとその手にカードが現れる。でもすぐに消えて、もう一方の手の中に忽然と出現する。

「そ、それは選ばれし者だけが持てる物であるのかと——」

京夜の疑念は、そのあたりで確信へと変わった。

「誰でも普通に持てます。五百円で貰えます」

「そ、そうなのか」

紫音さんは、まるでいま知ったかのように目を見開いていた。——いま知ったのだろう。

自動改札が通れない原因がわかった。

つまり紫音さんは、カードを持っていなかったのだ。

前に皆で電車に乗ったときには切符を持っていた。一日乗り放題となるおもしろい切符を部長が用意してくれていた。今回は近場への移動なので、皆、自前のカードを使っているわけだが——。

「シイおまえさ。もしかして電車乗るの……生まれてこれで二度目かい？」

部長の質問に、紫音さんは神妙な顔をして、こくこくとうなずいていた。

ああ。やっぱり。

「ええと。カードを買うには、たしか窓口か券売機で――」

と、そこまで言ったところで、紫音さんは途端に不安そうな顔を向けてきた。

そういえば紫音さんのコンビニ・デビューはほんの一年前のことだ。そして自販機デビューのほうは――ひょっとしたら、まだ済ませていないのかもしれない。

「出ます。いまそっち行きます。待っててください！　紫音さんっ！」

「た、頼むっ！」

京夜は《一般常識ナイト》としての務めを見事に果たした。一度入った改札から外に出て、駅員さんを相手に大立ち回り。そして紫音姫のためのカードを手中に収めることに成功した。

〝選ばれし者のカード〟を手にした紫音姫は、無事に改札を通り抜けた。

カードをかざして改札を抜けるときの姫の誇らしげな笑顔を――京夜は忘れることはないだろう。

タマがしっかりデジカメで撮影していたので、忘れようにも忘れられないけど。

紫音姫のその表情は、他の写真と一緒に、スナップ写真となって印刷されて、部室のコルクボードに、しばらく貼りつけられることとなった。

ミニ知識

選ばれし者の持てるカード

非接触型(ひせっしょくがた) IC カード。改札を通れる。買い物もできる。地下鉄もバスも全部これ一枚で乗れる。まさに選ばれし者のアイテム。

山手線・外回り

ラッシュ時の満員電車の車内はファンタジーの世界だった。

京夜のこれまでの〝常識〟というものが、軒並み書き換えられてゆく。

人密度、熱気、そして〝圧力〟――どれも未体験ゾーンだった。

普通の満員電車なら、京夜はこれまでに何度か乗ったことがある。都会のガッコを受験して、試験会場に行ったりもした。しかし京夜の知る「満員電車」というものは、たとえば「降りまーす！」と叫んでも、場所が悪いと絶対に降りられないとか、せいぜいが、そんな程度だ。

部長が厳選してきた〝都会最混雑路線〟は、ケタが違った。

「圧縮！　圧縮っ！　圧縮してるよアレ！　キョ――、キョロ！　もう乗れないって、おまえ――言ってこい！」

「無理です！　無理ですって部長！　一ミリだって動けません！」

駅員が全力でタックルしている。入りきらない乗客をぐいぐい圧縮して押しこもうとしているのだ。発車のベルはとうに鳴っているのに、なかなか電車は出発しない。ドアが閉まりきらない。がこんがこんと人を挟んで何度も開閉が繰り返される。車内アナウンスでは「無理をせず次の電車をお待ちください！」と金切り声が鳴りつづけるが、乗客は誰も耳を貸さない。

これどこのファンタジー世界？

常識が吹き飛ぶほどのインパクトだ。こんなに人の詰まった空間があっていいものか。命の危険を感じるほどの密度で人が詰めこまれて輸送される。携帯が電車の中で壊れた、なんていう話を耳にして、都市伝説だと思っていたが――。

あるある！　いま起きてるよ！

「あ痛たたたた……」

押しあいへしあい、押して押されて、肋骨が悲鳴をあげる。

皆とはすっかりはぐれてしまっていた。

紫音さんや恵ちゃんや、綺羅々さんやタマたちと、皆で一緒に同じドアから乗りこんだはずなのに、人の流れに押しやられて、もはや頭さえ見えない。

向きあった目の前に――というかお腹のあたりに、部長のカオが一つあるきりだ。

「痛たたたた……」

また周囲から圧迫されて、京夜はうめいた。骨が。骨がきしむっ。

顔をうつむかせた拍子に、じっと唇を噛んで耐えている部長の顔が目に飛びこんできた。

そこで京夜ははっと気がついた。

自分がこんなに苦しいのなら、小学生並みの体格をしている部長はっ――!?

「部長……だいじょうぶですか？」

「だいじょ……ぶ、だ」

か細い声が返ってくる。いかにも苦しげだ。息をきちんと吸えていない感じ。

「だいじょうぶじゃないですよ！　苦しそうじゃないですか」

「うっせ。私は……。部長だから……。だいじょ……ぶ、なん、だよ」

「ああもう！　苦しかったら、きちんとそう言ってくださいよ！」

腕の向き一つ変えるにも苦労するような圧力のなか、京夜は苦労して、部長のちっちゃな体を腕のなかに収めきった。すいませんすいませんと、まわりの人に対して謝りつつ、肘をぐーっと突っ張る。部長のために、ほんのわずかな空間をこじ開ける。

「バカ。バカ。バカキョロ！　誰が助けろって頼んだよ！」

ずいぶんと増えた悪態から、部長の呼吸がすこしは楽になったことを知る。

「おまえはシイだけ助けてりゃいいんだ！」

「部長だって助けますよ。これでも僕はいちおう男の子みたいですから、こういうときには頑張らせてくださいよ」

部長の背中に腕を回す。周囲の人の壁から、ちっちゃな女の子を守り通す。

「だいたいなんで向き合ってンだよ？　私らなんで抱きあッてんだ？」

「おとなしくしてください部長。僕をスーパーキョロ化させたいんですか」

「ふんッ」

二駅くらいを我慢しきると、乗り換えで人がすこしは減ってくれた。奥のドア前の窓際にうまいこと押しやられて、部長を守るのもすこしは楽になった。ひょっとしたら周りの人たちが気を利かせてくれたのかもしれない。

部長のカオを、胸というよりもうちょい下の、みぞおちのあたりに抱えつつ——京夜はドアのガラスに肘を突いて、満員電車の圧力に背中で対抗しつづけた。

山手線を半周して、あらかじめ決めてあった駅で下車する。

「すごかったですー。あー！　四ノ宮くーん、お姉ちゃーん、ここ、ここでーす！」

手を振る恵ちゃんが別のドアから押し出されてきた。ようやく皆と再会を果たす。

「なんですかコレなんなんですかー！　てめえらみんなおうちに帰りやがれですよ！」

転がり出てきたタマは半泣きで錯乱していた。会社に向かう人たちを指差して文句を言う。

「そっちはだいじょうぶだった？」

「キララが守ってくれましたー」

綺羅々さんがボディビルダーのポーズですっくと立つ。なるほど。

「いやはや。異世界を見てきてしまったよ。——堪能したね」

まだ興奮冷めやらずという顔で、紫音さんは、ややハイになっていた。

「キョロが邪魔したァ～。堪能できなかったァ～」

部長は恵ちゃんのお腹に抱きつきにいった。京夜からは——、ぷいっと顔を背けた。

ミニ知識

乗車率

乗車率とは乗車定員に対する割合。
100パーセントなら他人に触れずに立っていられる。
200パーセントでも雑誌はなんとか読める。
300パーセントでは携帯電話がぶっ壊れるというが、
あえて限界に挑むのがGJ部魂。

山手線・内回り

部長が「堪能できなかったァ」と言うので、もういっぺん——。

同じホームの反対側からそのまま乗れる「内回り」というものも体験する。

やっぱり物凄い人の圧力で——。乗り合わせたときには皆で一緒だったのに、人波に押しやられて、すぐにはぐれてしまった。目の前にいるのは、いま紫音さん一人きりだ。

「すごいね。すごいな。こんなに人だ。人がいっぱいだ」

どうも紫音さんは今日は変だった。ずっとハイになったまま戻ってきていない。

「これだけぎゅう詰めになっていれば、自分の足で立っていなくても、真っ直ぐ立ったままでいられるのではあるまいか？　——よし実験してみよう」

とか言って、体の力を抜いて周囲の人にしなだれかかる。

「わっ。ちょ——紫音さんっ」

電車の揺れでゆらゆらと傾いで——。加速が途切れた拍子に、彼女の体はくてんと倒れかかってきて——。京夜は身をもってそれを受け止めた。

「だめだったようだね。実験は失敗だ」

「ちゃんと立ってないと危ないですよ。急ブレーキのときとか」

あんまりふざけないでください、とは言わなかった。紫音さんがなぜこんなにはしゃいでいるのかわからないが、水を差したくはなかったし、紫音さんの見たことのない子供っぽさを、もっと見ていたいと思った。「しおんさん」とも、ちょっと違う。コタツで軟体動物になっているときと違って、カッコいい天才のまま、テンションだけが上がっているカンジ——。

紫音さんと向かい合わせになって電車に揺られる。

身長差があるおかげで、京夜の顔は、ちょうど彼女の胸元あたりにきてしまう。

この体勢はちょっとまずいんじゃないかと思う。けどどうにもならない。八時前の電車は超満員で、体の向きを変えるどころか、腕一本、違う位置に移すことさえ、非常な困難を要する。

「ん？　キョロ君は——」

不意に紫音さんが目を向けてきた。京夜はぎくりとした。

見ないようにと心がけているのだが、顔のすぐ近くにある胸が、どうしても視界に入ってきてしまう。紫音さんのそこは、女性らしい優雅な曲線を描いていて——。

「いえあのその——」

「まっすぐに立ってごらん」

「え？　は、はい」

叱られるかと思いきや、紫音さんには怒ったふうもなかった。かわりに変なことを言われる。

周囲から押しあいへしあいされるなかで、可能な限り紫音さんの命令を実行した。

まっすぐに、背筋を伸ばして立ってみると――。

「ん。――やっぱり。ちょっと伸びてるね」

「え？　あ――身長のことですか？」

「うん。去年までの君は、このくらいの――」

と、手を上げて指し示そうとした紫音さんであるが、この過密列車の中で、それはちょっと難しい動作だった。紫音さんはすぐに諦めて、かわりに間近で微笑んできた。

「三センチ？　四センチくらいは大きくなっているかな？」

「そんなもんだったような気もします。このあいだの身体測定で測りましたけど」

「成長期なんだな。男の子だね。私はすっかり止まってしまったのだけど。君はもっと大きくなってゆくのかな？」

「僕もさすがに今年でもう止まっちゃったんじゃないでしょうか。まだ伸びてたのが驚きで」

「それは困る。私がヒールを履けなくなる」

真面目な顔で紫音さんは言う。年上のお姉さんの意味深な言葉に、京夜はどぎまぎとさせられた。

そんなふうに、息の掛かるほどの近距離から、見つめあっていると――。

「あははは っ――！」

突然、紫音さんが笑いだした。

「？」

「いやその——すまない。それがその——ね。わははは。くすぐったい」

紫音さんは笑いながら身をよじる。なんなのだろうと思っていると——。

「誰かがくすぐってきているんだ。腰とか、その下のあたりを」

なんですと！

京夜は激昂した。きっと紫音さんはカワイイ生き物だから気づいていない。この満員電車のなかで不埒な行いに及ぶそれってつまり——!!

「場所——かわりましょう」

「え？　い、いや。それは無理だろう。この混雑で——」

「いいから——！　いますぐかわれッ!!」

第二段階に入って、そう叫んだ。

〝スーパーキョロ〟となって——無茶を通して、紫音さんとぐるりと場所を入れ替えた。これで痴漢のやつも——と思ったら、なんと、京夜のお尻のあたりで、もぞもぞと手が動いた。

しばらくして判明したことであるが——結局それは、痴漢でもなんでもなかった。挟まれた手を抜こうとして、頑張っている人だった。しかも女の人だった。

「び、びっくりした……。お、男の子なんだな……」

紫音さんからは、変なコメントと変な視線をもらうことになった。

ひゃあぁぁあ

ミニ知識

脳内麻薬

生命の危機を感じたとき脳内に分泌されるという物質。
満員電車の車内で紫音がハイになっていた理由。

まだまだ朝のラッシュは続く。

いっぺん降りて、また別の路線に乗りこんだ。都心の路線は一本道ではなくて、ぐるぐると環状に円を描いていたり、直角に交差していたりと、複雑怪奇だ。

時間のせいか、それとも路線のせいか、乗りこんだ列車はさっきよりも空いてはいた。だがこの乗車率は、京夜の基準からすれば、やっぱり超満員には違いない。

部長と紫音さんの姿が近くに見あたらない、同じ入り口から乗りこんだはずなのだが、やっぱりというか、はぐれてしまったようである。

恵ちゃんと綺羅々さんの頭が近くに見えている。恵ちゃんはあれで意外と上背があって、京夜とそんなに変わらない。綺羅々さんのほうは百八十センチはあって、男子と比べても、おでこから上が飛びだすくらいだ。

「恵ちゃ～ん、キララ～」

見つけた二人のもとに、満員の車内を渡って移動してゆく。

迷惑顔の周囲の人に、すいませんすいませんと謝りつづけて、ようやく二人のもとへと辿り着けた。

「部長と紫音さんは？」

「さっきあっちに流されていったの見ましたー。タマちゃんは、逆方向でー」

恵ちゃんがそう言った。京夜が忘れ去っていたタマのことも、しっかりと覚えている。

「でもキララがいるから安心ですよ」

「みんな。いるよ。」

鼻をくんくんと動かして、綺羅々さんはそう言った。

「あはは。まさか」

京夜は笑った。

綺羅々さんは匂いに敏感なひとではあるが、匂いでみんなの位置がわかるなんていうのは、さすがにありえないと思った。それではまるで警察犬だ。

「恵ちゃんは、ずっとキララと一緒だったの？」

「あー……。はい！　守ってもらってましたー」

恵ちゃんという娘は、鈍いんだか鋭いんだか、よくわからない娘だった。

天然なようでいて、いまも京夜の遠回しな質問に込めた意味を、ずばり見抜いてきた。

満員電車の中で、じつはちょっと心配だった。

部長はちっちゃいから押しつぶされそうになっていた。紫音さんはエンジョイしていたけど、かなり危なっかしかった。タマは逞しく生きている野良猫だから、ぜんぜんまったく大丈夫で心配もしていないし。綺羅々さんは守られるより守る側だけど。

恵ちゃんはいったいどうしているのかと。

「こんでくるよ。」

綺羅々さんがそう言った。ある駅についたところで、人がどっと乗りこんでくる。

「きゃあ。きゃあ」

「うわっ。うわっ」

人の圧力に押されて、恵ちゃんと二人で、開かない側のドアにべったりと張りついた。

ガラスに張りついた京夜の顔の横に――腕が突かれる。

綺羅々さんがドアのガラスとアルミにどっしりと両手を突いている。人の圧力を背中で受け止めている。

京夜は恵ちゃんと二人して、綺羅々さんの腕の内側にかばいこまれていた。

「あれ？　えっと。あのー……？」

慌てて訊ねる京夜に対して――。

「きょろ。だいじょぶ。」

――と、綺羅々さんは優しい顔。

「いえ。ですからー。あの……？」

「だいじょうぶです。四ノ宮君。キララは力持ちですからー」

「いやでもね。ちょっとこーゆーのはね」

男の子としては、どうなのか。女のひとに守ってもらっているというのは。

さっきまでは部長や紫音さんを守っていた側だったのだが。自分が男の子であることをなんだかちょっぴり意識しちゃったりしたのだが。あとスーパーキョロになったりもしたんだけど。

でも綺羅々さんの前では形無しだ。

第二段階になったくらいじゃ、ぜんぜんかなわない。

「きょうの部活動。楽しいんですけど。でも大変ですよねー」

髪の毛を乱した恵ちゃんが困ったように笑っている。「ほどくと長いんですよー」というその髪が、ほつれはじめているのだけど、いまは直すことなんてできない。

「恵ちゃん。ごめんねごめんね」

「え？　なんですか四ノ宮君？　なんで謝ってるんです？」

先回りして京夜が謝っているのは、恵ちゃんのその髪に、顔を埋めてしまっているからだったが――。

当の本人は、そんなこと、気にもしていないようである。

ごとんごとんと、電車に揺られつづけて――。

京夜は身動きもできず、顔の向きを変えることもできず――。

なるべく息をしないように心がけて、降車駅までの、短くて長い時間を過ごした。

あそこ。あいてる。
乗れませんよ

ミニ知識

駆(か)けこみ乗車はやめましょう

よく見かける標示(ひょうじ)。「駆けこみ乗車は、やめましょう」の意味。
決して「駆けこみ乗車速(はや)めましょう」と読んではならない。

締めの部活動

あらかじめ決めてあった駅で下車するなり、京夜はホームにうずくまった。

「真央。もいっぺん乗ろう。あれにも乗ってみよう！」

紫音さんはハイになっていた。別なホームの色違いの電車を指差している。ぴょんぴょん跳び跳ねてしまうんじゃないかというくらいのはしゃぎっぷりだ。

これは紫音さんからの受け売りだが、人間は生命の危険を覚えると、脳内にエンドルフィンとかいう物質が分泌されるのだそうだ。それでハイになるのだと。

紫音さんは、いっぺん遊園地に行ってみたらいいと思う。絶叫コースター全制覇とか、きっと楽しんでもらえるに違いない。

「ふふふのふ。シイ。カワイイ生き物のおまえは知らんだろうが、都会の電車には、地下を走る物もあるのだ」

「すまないが知っているよ。本で読んだことはあるんだ。それは地下鉄というのだろう？」

「そっちもかなり混むそうだぞ」

「それは楽しみだね。ふふふのふ」

「はぁ～、疲れました……」

「まだ乗るんですかぁ……」

　京夜はまだ立ち上がれずに、そうつぶやいた。

「おまえのGJ部魂は軟弱だな。鍛錬が足りんな。タマ以下、タマ未満だな」

「あ。うそうそ。行きます。乗れます」

　京夜はしゃっきりと立ちあがった。

「タマもうおうちに帰りたいです……」

　ひとりしゃがみこみ続けているのがタマであった。

「みんなは身長あるからいいですよぅ。タマは顔が上に出ないですよ。まわりおじさんばっかですよ嫌ですよもう。加齢臭カンベンです」

　匂いの話題が出たせいか、綺羅々さんが自分の腕とか肩とか、くんくんと嗅ぎはじめた。

　なにかを気にしているようだ。

「なんかの。におい。」

　綺羅々さんはぽつりとそう言った。

「加齢臭かっ」

「はなの。におい?」

「香水だね。そういえば女性の化粧品は香りが強い。密閉された空間で、綺羅々にとっては辛かったかもしれないね」

「きらら。へいき。がんばる。」

「ふむ……」

と部長は腕組みをして長考に入った。

経験上、こういうときの部長は、頼りになる。

五秒……、十秒……、十五秒……。

部長が、カッとばかりに目を見開く。

「よしではこうしよう！　次は地下鉄に乗る。ぐるっと回ったところで十九個目で降りるぞ。その時間には〝アレ〟がもう開いている時刻だ」

「あれとはなんでしょう？」

「都会には〝銭湯〟なるものがあるのだ。和のココロだ。昭和の香りだ。我がGJ部はこれからそこを侵略する！　そうすりゃキララの匂いも落とせるしな！」

「ああ。いーですねー。お風呂屋さんですか」

「お風呂屋さんって？　お風呂を売っているお店屋さんですか？　おみやげです？」

恵ちゃんが首を傾げて、とんちんかんなことを言っている。

ハイソサエティーな人の思考回路には、家の外のお風呂に入りに行くという発想がないに違いない。

「い、言っとくが男女別だからなっ。混浴なんかじゃないからなっ！」

「当然ですよ」

なにかムキになっている部長を、さらりと流して話題をそこで終わらせる。

「江戸時代。銭湯というものは大抵が混浴であったとそう物の本に――」

せっかく終わらせた話題を蒸し返す紫音さんに、「めっ」とやって、皆で移動をはじめる。

「ま――待つですよ！　タマはさっき言いました！　もうここ動かないですよ！」

「おまえ言ってないし。動かなきゃ置いてくだけだし」

タマの扱いがすっかりうまくなった部長がすたすた歩きながらそう言った。

「ひどいですよー！」

転がるように走ってきて、タマが追いついてくる。

みんなで笑ったり泣いたり期待したり首を傾げたりしながら、部活動の続きに赴いた。

「あっ。――そだ」

部長が不意に立ち止まる。

踵でくるりとターンして、タマに言う。

「カメラマン。ほら。撮れ撮れ」

皆で並んで、記念写真を一枚撮った。

その写真は、他の何枚かと共に、部室のコルクボードにしばらく飾られることになった。

去年よりも一人増えて六人の写真だ。笑顔も一つ増えて、六つだった。

あとがき

GJ部の第二期がはじまりました。これも皆様の応援のおかげです。新入部員のタマはもちろん、霞・聖羅・ジェラルディンなどの妹たち（シスターズ）も、これからどんどん出番が増えてきて、第二期は賑やかになると思います。

第二期も応援おねがいします。


さて。まずは恒例「取り扱い説明」から。

この本は四コマ小説です。一話が必ず四ページとなっているお手頃な読み物です。ストーリー成分はそれほど含有していませんが、かわりにゆるふわな空気と、くすっとした微笑みとが満載です。

授業や勉強の合間とか。通学や通勤の車内など。ゲームのロード時間にも。さまざまなシチュエーションで活用いただけると思います。


つづきまして。リスペクト元ネタカミングアウトのコーナーです。

これまで「光画部時間」「民明書房」ときていますが、今回は「ばけらった」です。紫音さんがやっていた罰ゲームの元ネタですね。

藤子・F・不二雄／藤子不二雄Ⓐ／著「オバケのQ太郎」より。Q太郎の弟のちっちゃいオバケにO次郎という子がいまして、その子が天才なのですが「バケラッタ」しか喋れない。これがもうカワイーのなんのって。

ちなみに名前は「きゅーたろー」「おーじろー」と読みます。


ところで今回。部活動で「満員電車」なるものが出てきますけど。

あの光景はさすがにファンタジーです。一部本当ですが一部脚色されています。JRの山手線を乗りに行って、なんだよGJ部にあったのと違うじゃん、などとガッカリされませぬように(笑)。

でも旧国鉄時代はたしかに本当に「あんなもん」だったんですよ。駅員さんたちがスクラム組んでショルダータックルかまして乗客を圧縮してました。


最後は著者ホームページアドレスの紹介です。人気投票や裏話。色々とコンテンツがあります。

アンケートで送られてくる生の声は、作品に生かさせてもらっています。

たとえば霞の人気があんなに高かったり、じつはオレマン大人気だったり、アンケートの回答がなければ、作者も気づかず、その巻のみのゲストキャラ or 一発ネタで終わっていたかもしれません。

←カメラのない機種の方はこちらからどうぞ
http://www.araki-shin.com/araki/keitai.htm
←パソコン専用ページ（右記携帯向けアドレスも入室可能です）
http://www.araki-shin.com/

GAGAGA

ガガガ文庫

GJ部⑤

新木 伸

発行　2011年3月23日　初版第1刷発行
　　　2014年6月20日　　　第4刷発行

発行人　佐上靖之

編集人　野村敦司

編集　具志堅勲

発行所　株式会社小学館
〒101-8001 東京都千代田区一ツ橋2-3-1
［編集］03-3230-9343 ［販売］03-5281-3556

カバー印刷　株式会社美松堂

印刷・製本　図書印刷株式会社

Printed in Japan ISBN978-4-09-451261-8